www.ingramcontent.com/pod-product-compliance
Lightning Source LLC
LaVergne TN
LVHW050954051026
849532LV00005B/1837
9789358727166

کملیشور کے چھ افسانے

(ہندی سے اردو ترجمہ: اعجاز عبید)

کملیشور

Kamleshwar ke 6 Afsane (Short Stories)
by: Kamleshwar / Aijaz Ubaid
Edition: February '2024
Publisher :
Taemeer Publications LLC (Michigan, USA / Hyderabad, India)

ISBN 978-93-5872-716-6

کتاب	:	**کملیشور کے چھ افسانے**
مصنف	:	**کملیشور**
مترجم	:	اعجاز عبید
صنف	:	فکشن
ناشر	:	تعمیر پبلی کیشنز (حیدرآباد، انڈیا)
سالِ اشاعت	:	۲۰۲۴ء
صفحات	:	۵۴
سرورق ڈیزائن	:	تعمیر ویب ڈیزائن

فہرست

(۱)	کامریڈ	6
(۲)	قصبے کا آدمی	14
(۳)	روح کی آواز	23
(۴)	چپل	29
(۵)	لاش	39
(۶)	گرمیوں کے دن	45

(۱) کامریڈ

لال ہند، کامریڈ! ایک دوسرے کامریڈ نے مکہ دکھاتے ہوئے کہا۔ لال ہند کہہ کر انہوں نے بھی اپنا مکہ ہوا میں چلا دیا۔ میں چونکا، اور ویسے بھی لوگ کامریڈ کا نام سن کر چونکتے ہیں!

حقیقت میں کسی حد تک یہ سچ بھی ہے کہ کامریڈ کی 'ریڈ' سے حکومت تک چونک جاتی ہے۔ ان کی 'ریڈ' بھی بڑے مزے کی ہوتی ہے، ریڈ' کی پہلی منزل میں یہ ہڑتال، دوسری میں مار پیٹ، تیسری میں بھوک ہڑتال، چوتھی میں جیل کا سفر تک کی دھمکی دیتے ہیں۔

میں اس شہر میں نیا نیا ہی پہنچا تھا، بہت مشکل سے ایک کمرہ اس محلے میں پا سکا۔ دوسرے دن ہی دیکھا کہ تمام کھدر پوشوں کا تانتا اس محلے میں، خاص کر میری پتلی سی سکری گلی میں لگا رہتا۔ اندازہ ہوا کہ شاید کانگریس کی کسی تقریب کا انعقاد ہو رہا ہے، اس وجہ سے کارکن لوگوں کی دوڑ دھوپ مچی رہتی ہے۔ تقریباً ایک مہینہ گزر جانے پر کسی خاص تقریب وغیرہ کی بات نہیں سنائی دی۔ ایک دن میں نے ہمت کر کے ایک کامریڈ کو روک کر پوچھا محترم، آپ لوگ یہاں دن بھر کیوں چکر کاٹتے ہیں؟

پہلے تو وہ کچھ ناراض سے ہوئے، پھر بڑی ادا سے اپنے پتلے سے روکھے بالوں پر ہاتھ پھیر کر بولے آپ شاید نئے نئے یہاں آئے ہیں۔

جی ہاں۔ میں نے کہا۔

تبھی۔ آپ کا مکان کون سا ہے؟ انہوں نے پوچھا۔

وہ! میں نے اشارہ کر کے انہیں بتا دیا۔

یہاں یہ آپ کے مکان کی بغل میں ہماری پارٹی کا 'پروونشیل' آفس ہے۔

معاف کیجئے گا مجھے معلوم نہ تھا میں بولا اچھا ہیلو۔

اجی نمستے ہو جائے گی، لیکن آپ کرتے کیا ہیں؟ کچھ زبردستی سی کرتے ہوئے وہ بولے۔

میں تو طالب علم ہوں۔

اچھا تو کبھی کبھی ملا کیجئے گا، یہاں آفس میں آجایا کریں۔ کبھی کبھی کچھ 'پارٹی ادب' کا مطالعہ کر لیا کریں۔

شکریہ!

اچھا، لال ہند کہہ کر انہوں نے میرے اوپر مکہ تان دیا۔ میں نے ڈرتے ڈرتے دونوں ہاتھ باندھ کر اپنے اہنسا کے رجحان کا ثبوت دیا۔

میرا جن کامریڈ سے تعارف ہوا ان کا مکمل نام تھا کامریڈ ستیہ پال۔ وہ بھی وہیں صوبائی آفس میں ڈیرا ڈالے تھے۔ کسی لمیٹڈ کمپنی میں ایجنٹ تھے۔ کام رہتا تھا گھومنے پھرنے کا، اس وجہ سماج سروس کا عہد لینے میں دقت نہ تھی۔ والد صاحب ان کے اگرچہ رہتے تھے اسی شہر میں اور شاید ہائی کورٹ میں دفتری تھے، لیکن ان کو کچھ شرم آتی تھی اپنے والد کے ساتھ رہنے میں اور اسی وجہ سے ان سے کنارہ کر کے یہاں آبسے تھے۔

ساتِ بجے کا بھونپو بج چکا تھا، دیواروں پر سورج کی کرنیں پڑنے لگی تھیں۔ دودھ لینے والے اپنے اپنے لوٹے لے کر گھر سے باہر نکل چکے تھے، گنگا شنان کو جانے والی

مسافروں کی ٹولیاں فوجیوں کی طرح لائن میں ایک کے پیچھے ایک گنگا میا کے نعرے بلند کرتی جا رہی تھیں۔ موٹے پتلے بیچارے اپنی اپنی پینٹ سنبھالتے ہاتھ میں ٹفن کیریئر کے لئے پل کی طرف بے تحاشہ دوڑے چلے جا رہے تھے۔ دھرم شالہ میں چہل پہل شروع ہو گئی تھی۔ نکڑ کے مٹھائی والے نے پتھر کے کوئلے کی انگیٹھی سلگا کر، جلیبی بنانے کے لئے کڑاہی چڑھا کر ڈالڈا کا پیپا الٹ دیا تھا۔ پاس بیٹھا، میلا سا انگوچھا لپیٹے نوکر باسی چاشنی میں پڑے چیونٹے اور مکھیاں بین بین کر پھینک رہا تھا، پر ہمارے کامریڈ بارجے کے ایک پتلے کونے میں چادر لپیٹے اچھا بڑا پارسل بنے اپنی پانچویں نیند پوری کر رہے تھے۔ دھیرے دھیرے صبح سے دوڑتے اخبار والوں کی چہل پہل ختم ہوئی اور رات بھر سے بند دکانوں کے دروازے کھلنے شروع ہوئے تو انہوں نے ایک کروٹ بدلی اور یہ ثابت کیا کہ ان میں ابھی جان باقی تھی۔ تھکے گھوڑے کی طرح تین چار بار لوٹ لگا کر انہوں نے اپنی چادر صرف گردن تک ہٹا کر سر کھولا، نظر آئی صرف لمبی لمبی روکھی جٹائیں، جیسے کلکتے سے آنے والے کسی شخص نے اپنے 'ہولڈ ال' (لائن پر روک آل) میں سے ناریل نکال دیا ہو، اور پھر انہوں نے وہیں سے آواز لگائی الٰہی!

جی الٰہی نے اندر سے جواب دیا۔

ٹی! کچھ السائے سے وہ بولے۔

دودھ نہیں ہے۔ کیوں، کیا ڈیری والا ابھی تک نہیں آیا؟ تو آج سے اس سے انکار کر دو، اتنی دیر میں دودھ نہیں ہے، کل سے نہ آئے۔

اس نے تو کل سے ہی دینا بند کر دیا ہے پندرہ دن کا حساب صاف کرنے کو کہہ رہا تھا۔ الٰہی نے اندر سے کہا۔

بکتا ہے، پہلی تاریخ کو ڈیڑھ روپیہ دیا تھا، کل اس سے حساب کر کے جو کچھ نکلے تم

رکھ لینا اور کل سے دودھ بند۔

آج ستائیس تاریخ ہو گئی۔ پہلی کو ڈیڑھ روپیہ دیا تھا۔ حساب کر کے تم رکھ لینا۔

اتنا کہہ کر الٰہی کروٹ کھٹ کرتی نیچے اتر گیا۔

پاخانہ جانے کی کسے فرصت، کھدر کا کرتا چڑھا کر، ہاتھ میں پرانا اخبار دبا کر الجھے ہوئے کامریڈ نیچے اتر کر دھرم شالہ کے پاس کھڑے رکشے والوں کے مجمع میں سما گئے۔ ایک سے بولے کیوں اتواری! اس دن جو تمہارا رکشہ 'بسٹ' ہوا تھا اسے جڑوانے کے دام مالک نے ہی دیئے تھے؟

وہ جواب بھی نہ دے پایا تھا کہ کامریڈ دوسرے سے بول پڑے کیوں مگو! اس صاحب سے چوک سے یہاں تک کا ایک روپیہ وصول کر پایا تھا نہیں۔ یا صرف چونی ہی دی اس نے۔

ارے بھیا صرف چونی دی اس نے، بڑا ظالم تھا۔

ان ظالموں کے ظلم مٹانے کو تمہیں متحد ہونا پڑے گا، اپنے حق کے لئے تمہیں لڑنا پڑے گا۔۔۔ تمہاری کیا اوقات ہے، کیا ہستی ہے اسے تم نہیں جانتے۔ ان سے لڑنے کو، اپنی مزدوری پوری کرنے کو، اپنے سڑتے بیوی بچوں، ان کی گرسنہ روحوں کو شانت کرنے کے لئے، بھرپیٹ خوراک حاصل کرنے کے لئے تمہیں خون پسینہ ایک کرنا ہوگا، ایک ساتھ سب کو کھڑا ہونا چاہیئے سب کی ایک آواز ہو، ایک مطالبہ ہو۔ اپنی طاقت کو پہچانو! کل ہی ایک رکشا مزدور یونین بناؤ۔ پرسوں سے سارے شہر میں ہڑتال کر دو میں اور میرے ساتھی تمہارا ساتھ دیں گے۔ اپنے مطالبات کے پرچے چھپواؤ، سب سے چار چار آنے جمع کر لو، یہ سب تم لوگوں کے کام آئیں گے۔ لیکن بہت جلدی کرو۔ اچھا، اب میں چلتا ہوں۔ کام بہت ہے۔ بجلی گھر کے مزدور میری راہ دیکھ رہے ہوں گے۔ تم آج

شام کو چندے کا کام مکمل کر کے مجھ سے مل لینا سامنے آفس میں! اچھا ساتھیوں لال ہند! کہہ کر بڑی تیزی سے کامریڈ ستیہ پال اپنے کمرے میں آکر پڑی چادر کو دھیرے دھیرے تہہ کرنے لگے۔

دس بجے کے لگ بھگ کامریڈ اپنا بجلی گھر والا فرضی کام ختم کرنے کو، کھدر کا پاجامہ کرتا پہنے، ہینڈ بیگ دبائے، 'باٹا' چپل پھڑ پھڑاتے الجھے سے اتر پڑے اور پھٹر پھٹر کرتے شہر کی خاص خاص سڑکوں، دیواروں پر ادویات، پین بام اور سنیما کے اشتہار پڑھتے، 'ڈاک بنگلہ' واسطی، ثریا، تین میٹنی، ساڑھے دس، ایک اور تین بجے شام کو ریجینٹ تھیٹر میں جیسے تھکے ماندے فٹ پاتھ سے ہوتے ہوتے 'واٹر ورکس' کے پھاٹک سے جا ٹکرائے۔ چپراسی سے بولے کیوں بھائی۔

کہاں جانا چاہتے ہیں صاحب! اندر جانے کا حکم نہیں ہے۔ دروازے پر کھڑے چپراسی نے پوچھتے ہوئے کورا سا جواب دیا۔

تھکان سے چور بیچارے سامنے کے باغ میں جا کر لائن پر بیٹھ کر 'ہند میں سرخ انقلاب' کا خاکہ بناتے بناتے، ہینڈ بیگ کا تکیہ لگا کر سو گئے۔ شام کو جب آفس لوٹے تو مگو کو بیٹھے پایا، تپاک سے بولے کیا بتاؤں، 'واٹر ورکس' میں بڑی دھاندلی ہے، سب کے سب پیچھے پڑ گئے۔۔۔ ایسا الجھاتے ہیں کہ چھوڑتے ہی نہیں دیر تو نہیں ہوئی تمہیں آئے۔

نہیں بھیا، آج تمہاری جوش کی باتوں نے ہم میں جان ڈال دی، یہ چھ روپے جمع کر لئے ہیں، انہیں رکھ کر کل سے آپ ہمارا کام شروع کر دیں اور کل ہی ہم پھر کچھ اور جمع کر لیں گے۔

اچھا اچھا ٹھیک ہے، لاؤ۔ پندرہ دن میں دیکھو کیا الٹ پلٹ ہوتی ہے۔۔۔ آج تاریخ

ہے ستائیس! ٹھیک ہے۔ یہ پونجی وادی حکومت پندرہ تاریخ کو آزادی کی سالگرہ منانے جا رہا ہے جبکہ ہمارے غریب مزدوروں کی موت کی سالگرہ من رہی ہیں۔ میں کل پھر تم سے ملوں گا! اچھا، ابھی تو مجھے پریس جانا ہے، کچھ خاص 'خبر' نکلوانی ہے۔ اچھا چلوں، لال ہند!

پھر وہ دوڑے دوڑے پان والے کی دکان پر پہنچے اور بڑے فخر سے بولے ہاں جی شیام لال، تمہارا کتنا پیسہ باقی ہے۔

چار روپے تین آنے!

مجھے تو حساب یاد نہیں، خیر تمہارے ایمان پر، یہ لو چار روپے۔۔۔ تین آنے پھر کبھی۔۔۔ ارے کل ہی لینا۔

بہت اچھا صاحب۔ کہہ کر اس نے چار روپے صندوقچی میں ڈال دیے۔ رکشہ سے پریس پہنچے۔ رکشے والے کو روپے کا نوٹ دیتے بولے لاؤ، گیارہ آنے لوٹاؤ۔

بابو، آٹھ آنے ہوئے یہاں تک کے۔

شرم نہیں آتی آٹھ آنے مانگتے، کل دو میل تو پریس ہے۔۔۔ لاؤ گیارہ آنے واپس کرو، ٹکسال لگا رکھی ہے کیا جو پیسے بنا بنا کر تمہیں لٹایا کروں؟

آٹھ آنا مجوری ہے بابو۔۔۔ کوئی زیادہ نہیں مانگے۔

اچھا اچھا، لاؤ دس آنے لوٹاؤ۔

بڑے ظالم ہو بابو، غریب کا پیٹ کاٹتے ہو۔ رکشے والے نے پیسے دیتے ہوئے کہا۔

غریب میں نو من چربی ہوتی ہے! اور پیسے گنتے گنتے کامریڈ پریس میں گھس گئے۔ چھ روپے میں سے ایک روپیہ دس آنا باقی تھا۔

اندر پہنچ کر بڑے رسان سے ایڈیٹر سے بولے ایک خاص خبر شائع کرنا ہے۔

جگہ تو خالی نہیں ہیں، پر خبر کیا ہے؟ ایڈیٹر بولے۔

کامریڈ ستیہ پال کا ایک خاص قابل ذکر بیان ہے۔

معاف کیجئے گا۔ چوتھے صفحے پر اشتہارات کے کالم خالی ہے، انہیں میں اشتہار کی شرح پر چھپ سکے گا۔

بڑی مہربانی ہو گی اگر آپ ایسے ہی چھاپ دیں۔

مشکل ہے دوست، صرف دو روپے ہوں گے، اشتہارات کی شرح پر جائے گا۔

اچھا ڈیڑھ روپیہ رکھیں، شکریہ۔

تھوڑی دیر بعد کامریڈ اپنے کرتے کی جیب میں ہاتھ ڈالے چوکور دونی کے چاروں کانوں پر ہاتھ پھیرتے خوش سے لوٹ آئے۔ دوسرے دن مقامی اخبار میں تھا کامریڈ ستیہ پال کا طوفانی کام۔۔ رکشہ مزدور یونین کی پیدائش! اور کچھ تھوڑی سا تفصیل۔ اور آج صبح کامریڈ پرانے اخبار کے مقام پر تازہ اخبار لئے چوتھا صفحہ اوپر کئے رکشہ والوں کے مجمع میں تھے۔

دھیرے دھیرے کام بڑھ رہا تھا، دن نکل رہے تھے۔ سولہ اگست تھا۔ بیچارے کامریڈ پندرہ اگست کے تہوار کے سلسلے میں جعلی رسیدیں کاٹ کاٹ کر چندہ جمع کرنے کے جرم میں دو سپاہیوں کے ساتھ کوتوالی کی طرف چلے جا رہے تھے تو یونین کے ایک رکشے والے نے دیکھ کر حیرت سے پوچھا کامریڈ، یہ کیا؟

ارے بھائی! غریبوں کے لئے جو بولتا ہے اس کا یہی حال ہوتا ہے، میں غریبوں کے لئے بولا، یہ انجام ملا، لیکن فکر نہیں، غریبوں کو ملے روٹی تو میری جان سستی ہے۔۔ لال ہند زندہ باد!

اور سچائی کامریڈ کی لچھے دار باتوں میں دبک کر رہ گئے، وہ پھر چیخ پڑے لال ہند زندہ باد!

دو تین رکشے والے چیخ اٹھے لال ہند زندہ باد! کامریڈ ستیہ پال زندہ باد!!ذزدہباد!!!

(یہ کملیشور کی پہلی کہانی ہے جو انہوں نے 1946 میں لکھی تھی)

(۲) قصبے کا آدمی

صبح پانچ بجے گاڑی ملی۔ اس نے ایک کپارٹمینٹ میں اپنا بستر لگا دیا۔ وقت پر گاڑی نے جھانسی چھوڑا اور چھ بجتے بجتے ڈبے میں صبح کی روشنی اور ٹھنڈک بھرنے لگی۔ ہوا نے اسے کچھ گدگدایا۔ باہر کے مناظر صاف ہو رہے تھے، جیسے کوئی پینٹ آرٹ ورک پر سے دھیرے دھیرے ڈریسنگ پیپر ہٹاتا جا رہا ہو۔ اسے یہ سب بہت بھلا سا لگا۔ اس نے اپنی چادر ٹانگوں پر ڈال لی۔ پیر سکوڑ کر بیٹھا ہی تھا کہ آواز سنائی دی، "پڑھو پٹے ستارم ستارم۔۔۔"

اس نے مڑ کر دیکھا، تو مقرر کی پیٹھ دکھائی دی۔ کوئی خاص جاڑا تو نہیں تھا، پر طوطے کے مالک، روئی کا کوٹ، جس پر برفی نما سلائی پڑی تھی اور ایک پتلی موہری کے کرتے پاجامے میں ملبوس نظر آئے۔ سر پر ٹوپا بھی تھا اور سیٹ کے سہارے ایک موٹا سا سوٹا بھی ٹکا تھا۔ پر نہ تو ان کی شکل ہی دکھائی دے رہی تھی اور نہ طوطا۔ پھر وہی آواز گونج اٹھی، "پڑھو پٹے ستتارم ستتارم۔۔۔"

تمام لوگوں کی آنکھیں ادھر ہی تکنے لگ گئیں۔ آخر اس سے رہا نہ گیا۔ وہ اٹھ کر انہیں دیکھنے کے لئے کھڑکی کی جانب بڑھا۔ وہاں طوطا بھی تھا اور اس کا پنجرا بھی، اور اس کے ہاتھ میں آٹے کی لوئی بھی، جس سے وہ پھرتی سے گولیاں بناتے جا رہے تھے اور پرندوں کو پچکار پچکار کر کھلاتے جا رہے تھے۔ پر طوطا مکمل طوطا چشم ہی تھا۔ ان کی بار بار کی منت کے باوجود اس کا کنٹھ نہیں کھلا۔ گولیاں تو وہ نگلتا جا رہا تھا، پر خدا کا نام اس کی زبان سے نہیں پھوٹ رہا تھا۔ لوٹتے میں ایک نظر اس نے ان پر اور ڈالی، تو لگا، جیسے چہرہ

پہچانا ہوا ہے۔

وہ اپنی سیٹ پر آ کر بیٹھ گیا۔ دماغ پر بہت زور ڈالا پر یاد نہیں آیا۔ تبھی انہوں نے طوطے کی طرف سے نظر ہٹا کر شیوراج کی طرف دیکھا، انگوٹھا اور ترجنی مسلسل ایک رفتار سے اب بھی گولی کی شکل دے رہے تھے۔ ماتھے پر لہریں ڈالتے ہوئے اور آنکھوں کو گول کر کچھ عجیب معصوم سامنہ بنا کر وہ شیوراج سے خطاب کرتے ہوئے بولے، "شببو شیوراج ہے نہ تو؟"

اور اپنا نام ان کے منہ سے سنتے ہی اسے سب یاد آ گیا۔ یہ تو چھوٹے مہراج ہیں۔

وہ ذات کے ویشیہ تھے، پر اپنے عمل کی وجہ سے مہراج کے نام سے جانے جانے لگے تھے۔ میونسپلٹی کی دوکانوں کے پاس والی املی کے نیچے بیٹھ کر وہ پانی پلایا کرتے تھے۔ قصبے کی سب سے رونق دار جگہ وہی تھی۔ وہیں کنویں پر چھوٹے اپنی ٹانگیں توڑے، ران تک دھوتی سرکائے، جنیوڈالے، چٹیا سجائے، ننگے بدن ٹین کی ٹوٹی کرسی پر بیٹھے رہتے۔ گاؤں والے پانی پی کر ایک آدھ پیسہ ان کے پیروں کے درمیان اسی کرسی پر رکھ کر چل دیتے۔ پیسہ پا کر وہ جی بھر کر دعا دیتے۔ جب ایک کولہا درد کرنے لگتا، تو دوسری طرف زور ڈالنے کے لئے تھوڑا سا کسمساتے اور اس میں اگر کہیں کرسی نے کھال داب لی، تو تین چار منٹ مسلسل کرسی کو گالیاں دیتے رہتے۔ لگے ہاتھوں ننکو حلوائی کو بھی کوستے، جس نے پیاؤ کے لئے یہ کرسی دی تھی۔

اس وقت چھوٹے مہراج کی عمر کوئی خاص نہیں تھی، یہی 35 36 کے قریب رہی ہوگی۔ چھوٹے مہراج کے باپ دادا سونے چاندی کا کام کرتے تھے۔ کافی پرانا گھر تھا، دوکان تھی۔ پر جب باپ ہلاک، تو چھوٹے کی عمر بہت کم تھی۔ ماں پہلے ہی جنت سدھار چکی تھیں۔ باپ کے مرنے کے بعد دور کے رشتے کی ایک چاچی آ کر سب دیکھ بھال کرنے

لگیں۔ پھر بہت بڑی سی چوری ہوئی اور چھوٹے کا گھر تباہ ہو گیا۔ چاچی کو تیر تھ کی سوجھی، تو چھوٹے کو ساتھ لے کر چل دیں۔ اخراجات کی ضرورت پڑنے پر ایک مختار سے جب اس وقت روپے منگواتی رہیں۔ چھوٹے ساتھ تھے، سو رسید دیتے رہے۔ آخر جب تیر تھ سے واپس آئے، اس وقت پانچ چھ برس مکان میں رہنا ہوا۔ پھر مختار نے اصل اور سود کے بدلے ایک دن گھر قرق کرا لیا، گواہی میں چھوٹے کے ہاتھ کی رسیدیں پیش کر دیں اور اونے پونے میں مکان جھاڑ دیا۔ اس وقت سے ان کی چاچی نے زنانہ اسپتال میں ملازمت کر لی اور چھوٹے بسکٹوں کا ٹھیلا لگانے لگے اور گھوم گھوم کر بازار کی سڑکوں پر چیخنے لگے 'ایک پیسے میں پچاس، پچاس بسکٹ انعام جتنا لگاؤ گے، اتنا پاؤ گے'

ٹھیلے میں میدے کے چھوٹے چھوٹے بسکٹوں کا ڈھیر لگا رہتا۔ ایک کونے پر ایک بڑی سی پھرکنی رکھی رہتی، جس پر نمبر کے خانے بنے رہتے اور اس پر ایک سوئی ناچتی رہتی۔ جب کوئی پیسہ لگا کر گھمانے والا نہ ملتا، تو کھڑے کھڑے خود ممال کی تفریح کراتے رہتے، جتنا نمبر آتا، اتنے بسکٹ گنتے اور پھر ڈھیر میں ڈال کر اناج کی طرح رورتے رہتے۔ کبھی کرارے کرارے بیس پچیس چھاٹ لیتے، سوئی ممال کی تفریح کراتے، انٹی سے ایک پیسہ نکال کر پیسہ رکھنے والے پھول کے پیالے میں جھنن سے مارتے، اور جتنا نمبر آتا، اتنے گن کر، باقی ڈھیر کے سپرد کر ناشتہ کر لیتے۔

لیکن اس طرح کس طرح پیٹ پلتا۔ پھر ایک ہومیو پیتھک ڈاکٹر کی دوکان کو روز صبح کھولنے اور جھاڑنے پوچھنے کا کام لے لیا۔ دو چار گھروں کا پانی باندھ لیا۔ صبح اٹھ کر چار چار ڈول کھینچ کر ڈال آتے اور ڈاکٹر کی دکان کی صفائی وغیرہ کر کے کونے میں پڑے موڑھے پر عزت سے دوپہر تک بیٹھے رہتے۔ ڈاکٹر صاحب کی غیر موجودگی میں مریضوں کے حال چال پوچھ لیتے۔ کچھ دیسی ادویات کی تجاویز بتاتے اور جرمن ادویات کی اہمیت سمجھاتے۔

تبھی سے چھوٹے اپنے کو بہت کچھ، ایک چھوٹا موٹا وید سمجھنے لگے تھے۔ مریض کی حالت دیکھتے ہی بیماری کا اعلان کر دیتے۔ تمام بیماریوں کے علاج پر انہوں نے دخل جمع لیا تھا۔ جب موتیا بند ہو جانے کی وجہ سے ڈاکٹر صاحب کو دکان بند کر دینی پڑی، تو چھوٹے اپنی کوٹھری میں ہی ایک چھوٹا سا فارمیسی کھولنے کا منصوبہ باندھنے لگے۔ رتن لال عطار کے یہاں سے آٹھ دس آنے کی جڑی بوٹیاں بھی بندھوا لائے، جنہیں گھونٹ پیس اور کپڑ چھن کر کے سفید شیشیوں میں بھرا اور طاق میں سجا دیا۔ فصلی بخار، سبز پیلے دست، ناک کان سر درد کی حکیمی ادویات بانٹنے کا اعلان بھی کر دیا۔ پر گلی کے خاندانوں کا تعاون نہ ملنے کی وجہ سے انہوں نے اس نیک ارادے کو چھوڑ دیا۔ ساری حکیمی ادویات کو تھوڑا تھوڑا کر کے چورن کی پڑیوں میں ملا کر انہوں نے آخر اپنے پیسے سیدھے کر لئے۔

اس طرح کے نہ جانے کتنے گھریلو دھندے انہوں نے چلائے۔ پیدائش سے ویشیہ ہوتے ہوئے بھی فطرت سے لوگوں کا بھلا چاہنے والا ہونے کی وجہ سے انہیں برہمتو بھی حاصل کرنا ہی تھا۔ اسی لیے جب گلی ٹولے کے لڑکوں نے انہیں پیاؤ پر بیٹھتے دیکھا اور چمکدار کالی پیٹھ پر جنیو دکھائی پڑا، وہ نا قابل بیان جذبات سے، قاعدے کے مطابق اور سنسکاروں کی بنیاد پر انہیں مہراج پکارنے لگے۔ تبھی سے چھوٹے لال چھوٹے مہراج ہو گئے۔

جس املی کے نیچے وہ بیٹھتے تھے، اس پر خدا کے فضل سے شہد کی مکھیوں نے چھتا بنا لیا، تو ایک دن منہ اندھیرے جا کر اسٹیشن کے پاس سے ایک کنجر پکڑ لائے۔ چھتا بٹائی پر طے ہو گیا۔ پر چھوٹے مہراج شہد کا کیا کرتے۔ چلتے وقت اسے کس دیا کہ آدھے دام کل آ جائیں۔ پر مہینہ بھر ٹل گیا۔ جھوپڑی پر تقاضا کرنے پہنچے۔ نقد پیسے تو ملے نہیں، اچھی کافی ڈانٹ لگا کر پیسوں کے بدلے میں طوطا چھانٹ لیا۔ کنجر نے منت کی کہ تینوں طوطے پیشگی

قیمتوں کے ہیں، اس بار جائے گا تو ان کے لیے بھی پکڑ لائے گا۔ پر چھوٹے نہ مانے، دو چار گالیاں سنا دیں، تیش میں بولے، "میرے پیسے کیا حرام کے تھے، وہ بھی تو پیشگی میں سے ہی ہیں، لا نکال جلدی اس ٹُیاں کو۔" اور تبھی سے یہ طوطا ان کے پاس ہے، جسے جان کی طرح چپکائے رہتے ہیں۔

شیوراج نے خوشی سے انہیں دیکھا۔ 'پالاگے مہاراج' کہہ کر بولا، "ادھر نکل آئیں مہاراج، بہت جگہ ہے۔"

جب وہ پاس آ کر بیٹھ گئے تو اس نے پوچھا، "جھانسی کس کے یہاں گئے تھے؟"

"یہیں ایک شادی تھی، اس میں آئے تھے، آنا پڑا۔ اپنی کہو لیکن دیکھ، شناخت کیسا۔ نظر کمزور ہے للا، پر اپنے گلی کوچے کے پلے لوگوں کی تو بو بہت اچھی ہوتی ہے۔۔۔" اور وہ دھیرے دھیرے گردن ہلانے لگے۔ انگلیوں کے درمیان گولی اب بھی ناچ رہی تھی اور پنجرے میں بیٹھا ستو گولی کے لالچ سے منہ کھولتا، آنکھیں بند کرتا، پر بولتا نہیں تھا۔

"بدن تو تمہارا، دم لٹک گئی ہے، پہلے سے چوتھائی بھی نہیں رہا۔۔۔" شیوراج بولا۔ اسے کچھ دکھ سا ہو رہا تھا، جب اس نے پچھلی مرتبہ دیکھا تھا، اس وقت کتنے ہٹے کٹے تھے۔ یوں عمر کا اتار تو تھا، پر اتنا فرق تو بہت ہے۔ بھلا عمر بنے بنائے آدمی کو اتنی جلدی بھی توڑ سکتی ہے! گاڑی کی چال سست پڑ گئی۔ چھوٹے مہراج نے ستو کے پنجرے کو مطلق اوپر اٹھایا۔ اس کی طرف پیار بھری نظروں سے نہارتے رہے۔ طوطا کچھ بولا۔ چھوٹے مہراج کے چہرے پر مسکان دوڑ گئی۔ بڑی محبت سے پچکارتے ہوئے شیوراج کو بتانے لگے، "اس کا نام ستو ہے! یعنی سنت جب بولے تو بانی بولے، ہاں، سنت بانی ستنارام!" اتنا کہتے کہتے وہ اپنی ہی بات میں ڈوب گئے۔

گاڑی رکی، کوئی معمولی سا اسٹیشن تھا۔ چھوٹے مہراج نے پیٹ پر ہاتھ پھیرا اور سر

ہلاتے ہوئے بولے، "دیکھو شبو، کچھ کھانے پینے کا ہے یہاں؟" مٹھائی والا پاس سے گزرا، شیوراج نے روک لیا۔ چھوٹے مہراج بولے، "کچھ ٹھیک ٹھاک ہو تو پاؤ آدھ پاؤ۔۔۔

مٹھائی لے کر پیسے شیوراج نے دے دیے۔ دونوں ہاتھوں میں دونوں پکڑ کر شیوراج کے سامنے کرتے ہوئے وہ بولے، "لو شبو، چکھو تو ذرا، اچھی ہو تو پاؤ بھر اور لے لو۔"

اور اس سے پہلے کہ شیوراج چکھے، انہوں نے خود پوپلے منہ میں ایک ٹکڑا کرتے ہوئے اپنی رائے کا اظہار کر دیا، "ہے تو اچھی ٹبلاؤ اسے۔"

شیوراج کو بات کسک گئی۔ وہ خاموش ہی بیٹھا رہا۔ جھانک کر مٹھائی والے کو بلانے کی کوئی دکھاوٹی کوشش بھی نہیں کی۔ پر جیسے ہی مٹھائی والا پھر گزرا، ان کی نظر پڑ گئی۔ اسے روکتے ہوئے بولے، "ہاں بھائی، ذرا پاؤ بھر اور دینا تو۔" پھر شیوراج کی طرف مخاطب ہو کر بولے، "لے لو، شبو اصل میں بات یہ ہے کہ مجھ سے اب کوئی ایسی ویسی چیز تو کھائی نہیں جاتی، دانت ہی نہیں رہے۔ کھویا وویا تھوڑا آسان رہتا ہے نہ۔" کہہ کر انہوں نے بغیر کسی خواہش کے انداز سے کھانا شروع کر دیا۔

رقم اس نے پھر دے دی۔ کھاتے وقت چھوٹے مہراج کا معصوم سا منہ اور دم چپک جانے والے جبڑے دیکھ کر اسے رحم آ گیا۔ ان کی جھکی گردن، بار بار پلکوں کا جھپکنا اور ذرا ذرا کر کے کھانا، جیسے سارے کام اور تن کی ساری کیفیت میں لاچاری تھی۔ انہوں نے ایک ٹکڑا پنجرے میں ڈال دیا۔ طوطے نے کھا لیا۔ پچکارتے ہوئے انہوں نے پھر ایک ٹکڑا ڈال دیا۔ وہ خود کھاتے رہے اور ستو کو کھلاتے رہے۔ پھر بات چل نکلی اور اس کے درمیان ان کا اسٹیشن بھی آ گیا۔

اسٹیشن سے باہر آنے پر شیوراج اور چھوٹے مہراج ایک ہی اکے میں بیٹھ گئے۔ دو

سواریاں اور ہو گئیں۔ اکا چلا تو ہچکولے لگے۔ چھوٹے مہراج اپنے طوطے کے پنجرے کو پٹڑے سے باہر لٹکائے کسی طرح بیٹھے رہے۔ اسپتال کے پاس وہ اکے سے اتر پڑے۔ ستو کا پنجرا پٹڑی پر رکھ دیا اور گٹھری میں کچھ کرتے ہوئے کہنے لگے، "میں یہیں اتر جاتا ہوں۔ چاچی کو بیاہ کا حال چال بتا کر کوٹھری پر آؤں گا! ہاں، تم سے ایک کام ہے۔ یہ ایک کپڑا ہے سلک کا، وہیں شادی میں ملا تھا۔ میرے تو بھلا کیا کام آئے گا، تم اپنے کام میں لے آنا!" بات ختم کرتے کرتے وہ کپڑا مفلوج سے نکال کر شیوراج کی گود میں رکھ دیا۔

شیوراج نے لینے سے انکار کر دیا۔ پر وہ نہیں مانے۔ شیوراج بھی نہیں مانا، تو بڑے جھجھلا کر کپڑا اکے میں پھینک کر ستو کا پنجرا، جھولا اور سوٹا لے کر بڑبڑاتے چل دئے، "ارے پوچھو میرے کسی کام کا ہو تو ایک بات بھی ہے۔ زندگی بھر میں ایک چیز دی، اس سے بھی انکار! سب وقت کی باتیں ہیں، رحم کرتے ہیں مجھ پر، تیرے باپ ہوتے تو ابھی اسی بات پر چیخ جاتی۔" پھر مڑ کر اونچی آواز میں بولے، "پیسے نہیں ہیں میرے پاس، اکے والے کو دے دینا۔" اور وہ زنانہ ہسپتال کے پھاٹک میں گم ہو گئے۔

دوسرے دن سویرے چھوٹے مہراج اپنی کوٹھری میں دکھائی دیے۔ دہلیز پر بیٹھے بیٹھے کراہ رہے تھے۔ کبھی کبھی بری طرح سے کھانس اٹھتے۔ سانس کا دورہ پڑ گیا تھا۔ گلی سے شیوراج نکلا تو گزشتہ دن والی بات کی وجہ سے اس کی ہمت کچھ کہنے کی نہیں پڑی۔ سوچا کترا کر نکل جائے، پر پیر ٹھٹھک رہے تھے۔ تبھی ہانپتے ہانپتے چھوٹے مہراج بولے، "ارے شبو!" پھر کراہ کر ٹکڑے ٹکڑے کر کے کہنے لگے، "دورہ پڑ گیا ہے، گزشتہ رات سے، جی ہاں، اب کون دیکھے ستو کو۔ بڑی خراب عادت ہے اس کی، گردن سلاخ سے باہر کر لیتا ہے۔ رات بھر بلی چکر کاٹتی رہی، بیٹا۔ لمحے بھر کو پلک نہیں لگی۔ اپنے ہوش حواس ٹھیک نہیں تو کون حفاظت کرے اس کی۔ اپنے گھر رکھ لے جاؤ، بے فکر ہو جاؤں۔"

اور اتنا کہہ کر بری طرح ہانپنے لگے۔ گلے میں کف گھڑ گھڑا آیا، تو اوندھے ہو کر لیٹ رہے۔ پیٹھ بری طرح اٹھ بیٹھ رہی تھی۔ شیوراج 'اچھا' کہہ کر پنجرا اٹھا کر چلنے لگا، طوطے کو ایک بار پوری آنکھ کھول کر انہوں نے تاکا۔ ان گدلی گدلی آنکھوں میں ایک عجیب سی پیاس تھی۔ جیسے کسی بوڑھے نے اپنی لڑکی رخصت کر دی ہو۔ سر نیچا کر کے انہوں نے ایک گہری سانس کھینچی، جیسے بہت بھاری قرض سے ہار ہو گئے ہوں۔

تین چار دن ہو گئے تھے۔ چھوٹے مہراج کی حالت خراب ہوتی جا رہی تھی۔ اکیلے کوٹھری میں پڑے رہتے۔ کوئی پاس بیٹھنے والا بھی نہیں تھا۔ چوتھے دن حالت کچھ ٹھیک نظر آئی سرک کر دہلیز تک آئے۔ گھٹنوں پر کہنیاں رکھے اور ہتھیلیوں سے سر کو سادھے کچھ ٹھیک سے بیٹھے تھے۔ کبھی کراہ اٹھتے، دھانس لگتی تو کھانس اٹھتے۔ پر ان کے چہرے پر اتھاہ غم کی پرچھائیں پھیل رہی تھی، جیسے کسی بھاری غم میں ڈوبے ہوں۔ ان کی آنکھوں میں کچھ ایسا احساس تھا، جیسے کسی نے انہیں گہرا دھوکہ دیا ہو، ان کے کانوں میں بار بار ستو کی وہ آواز گونج رہی تھی، جو انہوں نے دوپہر سنی تھی۔

دوپہر ستو کی آواز جب شیوراج کے بروٹھے سے سنائی دی تو وہ گھبرا گئے تھے کہ کہیں بلی کی گھات تو نہیں لگ گئی۔ بڑے پریشان رہے، پر اٹھنا تو بس میں نہیں تھا۔ شیوراج کے گھر کی طرف بہت دیر آس لگائے رہے کہ کوئی نکلے، تو پتہ چلے۔ کافی دیر بعد منا طوطے کے دو تین سبز سبز پروں کا مکٹ بنائے ماتھے سے باندھے، دو تین بچوں کے ساتھ کھیلتا نظر پڑا، دیکھتے ہی سن سے رہ گئے۔ ستو کی پونچھ کے لمبے لمبے پر! کسی طرح بلا کر پوچھا تو پتہ چلا کہ منا کو بادشاہ بننا تھا، سو اس نے ستو کی پوچھ پکڑ لی۔ بات کی بات میں دو تین ونگ نچ آئے۔

چھوٹے مہراج کا جیسے سارا اعتماد اٹھ گیا۔ یہ لڑکا تو اسے مار ڈالے گا! اس وقت طبیعت

کچھ ٹھیک معلوم ہوئی، بڑی مشکل سے انہوں نے اپنا ڈنڈا پکڑا، ہلتے کانپتے شیوراج کے بروٹھے میں پہنچے اور اپنا طوطا واپس مانگ لائے۔ کوٹھری میں آکر اس کی بوچی پونچھ دیکھتے رہے، پر منہ سے کچھ بولے نہیں۔ ستو کو پچکارا تک نہیں۔

شام آئی تھی۔ تراہے پر لالٹین جل گئی تھی۔ پوری گلی میں اداس اندھیارا ابھرتا جا رہا تھا۔ انہوں نے ستو کے پنجرے کو اندر رکھ کر کوٹھری کے دروازے بھیڑ لئے اور پھر نہیں نکلے۔ اندر کچھ دیر تک کھٹ پٹ کرتے رہے، پھر رات بھر کوئی آواز نہیں آئی۔

سویرے شیوراج ادھر سے نکلا تو کوٹھری کی طرف نگاہ ڈالی۔

دروازے اسی طرح بھڑے تھے۔ اس نے آہستہ سے کھول کر جھانکا، دیکھا مہراج سو رہے تھے۔ چپ چاپ آہستہ سے دروازہ بند کرنے لگا، تو گلی کے رام نراین دھن پڑے، "کیوں، آج نہیں اٹھے مہراج ابھی تک؟"

اور اتنا کہتے کہتے انہوں نے پورے دروازے کھول دئے۔ دونوں نے غور سے دیکھا، طوطے کا پنجرا سرہانے رکھا تھا، جس پر کپڑا تھا کہ کہیں بلی کی گھات نہ لگ جائے، لیکن چھوٹے مہراج کا پنجرا خالی پڑا تھا، پنچھی اڑ گیا تھا۔

چھوٹے مہراج نے خود تو نہیں پڑھا تھا، پر رام لیلا وغیرہ میں سننے کی وجہ سے یہ ان کا پکا یقین تھا کہ آخری زمانے میں اگر رام کا نام کانوں میں پڑ جائے تو نجات مل جاتی ہے۔ پتہ نہیں، ان کے آخری لمحات میں بھی ستو طوطے کے بول پھوٹے تھے یا نہیں۔

(۳) روح کی آواز

میں اپنا کام ختم کر کے واپس گھر آ گیا تھا۔ گھر میں کوئی پردہ کرنے والا تو نہیں تھا، پر بڑی جھجک لگ رہی تھی۔ گوپال دور کے رشتے سے بڑا بھائی ہوتا ہے، پر میرے لئے وہ دوست کے طور پر زیادہ قریب تھا۔ آنگن میں چارپائی پڑی تھی، اس پر بیٹھ گیا۔ بھابھی خاموش سی چوکے میں بیٹھی تھیں۔ چولہے کی آگ مرجھا گئی تھی، انہوں نے سلگتے کوئلے پر گھی کی کٹوری گرم ہونے کے لئے رکھی تھی۔ میں پہلی بار اس گھر میں آیا تھا، تنگ سا بیٹھ گیا۔ بھابھی کے پاس اس طرح اکیلے میں بیٹھنا بھی عجیب لگ رہا تھا اور جا کر بیٹھک میں چپ چاپ بیٹھنے پر بھی شرم لگتی تھی کیونکہ بھائی کا ہے گھر اور بھابھی سے پہلی ملاقات۔ قدم بالکل نہیں اٹھ پا رہے تھے۔

شام کافی جھک آئی تھی۔ لالٹین جلا کر بھابھی پھر وہیں چولہے کے پاس آ کر بیٹھ گئیں۔ اس اومس اور خاموشی کے ماحول میں جی گھبرانے لگا۔ آنگن میں بندھے تار پر پڑے کپڑوں کی سلوٹوں میں اندھیرا ابھرتا جا رہا تھا اور جلتی لالٹین کی زرد پیلی بیمار سی تھکن بھری روشنی! اور اس کے سامنے پڑنے والی چیزوں کی پھیلی ہوئی لمبی لمبی کالی پرچھائیاں، گھٹن سی محسوس کرتے ہوئے، بہت جھجھکتے جھجھکتے کئی بار کوشش کرنے کے بعد، ایک بار آواز پھوٹ ہی پڑی کیا گوپال بھیا بہت دیر سے آتے ہیں؟

اکثر دیر ہو جاتی ہے۔ ویسے ہی بیٹھے بھابھی نے غیر جذباتی انداز میں جواب دیا۔

میں خاموش ہو گیا، اب اور کوئی سوال بھی نہیں تھا۔ محض چوکے کی طرف تاکتا

رہا۔ چوکے کی چھت کو ٹکائے رکھنے والے دونوں کھمبوں کی چوڑی کالی کالی پرچھائیاں پہلے فرش پر پڑتیں اور پھر اندرونی دیوار کی سیاہی میں گم ہو رہی تھیں اور ان کے درمیان میں دبی سکچی سی بھابھی بیٹھی تھیں۔۔۔ میں اکتا کر اٹھنا ہی چاہتا تھا کہ بھابھی بولیں آپ کھا لیجئے، بھوک لگ رہی ہو گی۔

نہیں ایسی تو کوئی بات نہیں ہے، اب شاید آتے ہی ہوں گے۔ ہم سے کہا تھا کہ چھ بجے تک ضرور آجائیں گے۔ بہت سنبھلتے ہوئے گھریلو طریقے سے میں نے کہا۔

۔۔ چوکے کا دھواں اب تک صاف ہو چکا تھا پر گھر کے اور حصوں سے زیادہ سیاہی اس میں پھیل چکی تھی۔ میں غور سے بھابھی کو تاک رہا تھا کیونکہ یہ طے تھا کہ ان کی نظریں میری طرف نہیں اٹھیں گی۔

ایک سیاہ سیاہ سا بھاری پن وہاں کی ہوا میں بھر رہا تھا، کوئی آواز نہیں، ٹھہرا ٹھہرا سا سب کچھ خاموش اور بے حرکت۔۔۔ بھابھی جیسے اس قسم کے رہنے کو اپنی زندگی میں ڈال کر مشاق بن چکی تھیں۔ ابھی شادی کو سال بھر سے زیادہ نہیں ہوا ہو گا، لیکن یہ بے حرکت زندگی جیسے زندگی کی ہر رنگینی کو ختم کر چکی ہے۔

گھی کڑک اٹھا، بھابھی نے انگلیوں سے پکڑ کر نکال دیا، کچھ اتنی آسانی سے کہ جیسے گرم دھات ذرا بھی اثر نہیں کرتی، نہ انگلی تھرتھرائی، نہ کلائی نے جلدی کی۔ دھواں چھوڑتی ہوئی ٹھکری بھی اب تک بالکل خاموش ہو گئی تھی۔۔۔ کافی دیر بعد وہ اوبتی ہوئی کچھ کہنے جا رہی تھیں کہ گوپال آگیا۔ مجھے دیکھتے ہی وہ بول پڑا

کافی اکیلا پن محسوس کیا ہو گا، کیا بتاؤں دیر ہو گئی۔

میں خاموش رہا۔ وہ قمیض اتارتے ہوئے کہنے لگا انہیں تو بس روٹی گھر سے کام ہے۔ اگر کنستر، ڈبے اور شیشیاں ذرا بھی بدبدانا جانتی ہوتیں تو شاید ہم سے بھی بات کرنے کی

نوبت نہ آتی، اس وقت بھلا تم سے کیا باتیں کی ہوں گی۔

جی ہاں، بھابھی بڑی سنجیدہ معلوم ہوتی ہیں۔ کہہ کر میں نے ان کی طرف نظر ڈالی۔ ان میں کچھ حرکت سی ہوئی تھی پر وہ شاید پٹا ڈالنے کے لئے تھی۔

ناٹ سیر یسلی بٹ سلی۔ کہتا ہوا گوپال اندر قمیض ٹانگنے چلا گیا۔ کھانا کھاتے وقت گوپال کچھ بے چین سا ہو رہا تھا۔ ہر چوتھے پانچویں نوالے کے بعد پانی پیتا جاتا تھا۔ ہم دونوں ساتھ ہی کھا رہے تھے۔۔۔

بھابھی نے جھجھکتے ہوئے ہاتھ سے روٹی تھالی میں رکھ دی۔ گوپال نے جھٹ سے اٹھا کر روٹی کے چار ٹکڑے کر دئے، کچھ اتنی آسانی سے کہ کوئی خاص بات نہیں تھی۔

ارے، ٹکڑے کرنے کی کیا ضرورت ہے، گرم تو نہیں ہے اور میں لکھنوی بھی نہیں، جو اتنا تکلیف برت رہے ہو۔

۔۔ کئی بار کہنے پر بھی جب نہیں مانا تو میرے منہ سے نکل ہی گیا حد کر دی یار، تم بھی، بھئی میری انگلیاں ابھی ثابت ہیں۔

یہ کہہ کر میں مہمان کی بو مٹانا چاہتا تھا۔

یہ روٹیاں ہیں یا نقشے، کوئی افریقہ کا، کوئی امریکہ کا۔

۔۔ میں دنگ سا ہو گیا۔ اگر میں بار بار نہ ٹوکتا، تو شاید بھابھی کو یہ لطیفہ نہ سننا پڑتا۔

تھوڑی دیر بعد جب باہر کمرے میں آ گیا، تو بڑی عجیب سی بات سن پڑی۔ شاید ساتھ والے کمرے میں ہی گوپال تھا۔ کافی صاف سنائی پڑ رہا تھا۔ وہ کہہ رہا تھا میں پانی کی طرح روپیہ بہا کر گھر کو ٹھیک رکھنا چاہتا ہوں اور کچھ نہیں تو آج ایک نیا انداز پیش کیا تم نے۔ اسی طرح کی شرمندگی مجھے ہمیشہ اٹھانی پڑتی ہے اور تم اپنے طور طریقوں سے باز نہیں آتی۔۔۔۔ تمہاری اتنی مجال، روٹیاں لگ گئی ہیں۔

گوپال طیش میں کہہ رہا تھا۔ بھابھی کچھ بولی تھیں۔ چٹاک کی آواز اور گوپال کا گونجتا ہوا سر۔۔۔ یہی چاہتی تھی نہ؟

میں سوچتا تھا کون ہاتھ چھوڑے۔ نہیں سمجھ میں آتا اور پھر ہر بات کا منہ پر جواب، بڑی سنگین بنی پھرتی ہے۔

۔۔ دوسرے دن جب رخصت ہونے لگا تو جی میں آیا کہ گوپال سے اس وحشی پن کے بارے میں کچھ کہہ دوں پر ہمت نہیں ہوئی۔ باہر نکلنے لگا تو دور سے ہی میں نے کہا بھابھی جی نمستے۔

۔۔ نیچی نظر کئے ہی بھابھی جی نے سلام کیا۔ میں کئی متفرق جذبات میں گھر گیا۔ وہ ہی ساری باتیں دل کو سخت کئے ہوئے تھیں۔۔۔ مسرت، جھنجھلاہٹ، بغاوت، نفرت، محبت کچھ بھی نہیں، آخر کس طرح جیتی ہیں وہ؟

گھر آتے آتے اداسی دور ہوتی گئی۔ کمرے کا تالا کھولا تو پہلی نظر آئے ہوئے خطوط پر پڑی۔۔۔ ایک لفافے پر نظر الجھ کر رہ گئی۔ یہ خط ضرور ہی ونتی کا ہے، ایسا مجھے یقین ہو گیا۔ آخر آج میں تمہیں یاد آہی گیا۔ دو سال بعد۔ کچھ درد سا اٹھا۔ خط کھول کر پڑھنے لگا

عزیز راجو، آج اتنے تم یاد آئے ہو۔ اصل میں شادی کے بعد لڑکی کی زندگی میں عظیم تبدیلی ہوتی ہے، شادی کے بعد مرد کو رہن سہن کا کچھ ڈھنگ ہی تبدیل کرنا پڑتا ہے، پر لڑکیوں کو تو پوری روح تبدیل کرنی پڑتی ہے۔ یہ میرا خود کا تجربہ ہے، میں نے اپنی روح کو تبدیل کرنے کی کوشش کی ہے۔ ایک قیمتی روح کا قتل بھی اسی لیے کیا کہ وہ تمہیں پیار کرتی تھی۔ جب میں نے اس نئے گھر میں قدم رکھا تھا تو یہ سوچ کر کہ میری روح ہمیشہ کے لئے تمہارے پاس ہے اور جسم اس نئے گھر کا ہے۔ لیکن بہت ایمانداری سے کہوں، برا مت ماننا، کچھ دنوں بعد میری پسلیوں کی کایا میں کچھ نرم چھون سا محسوس

ہونے لگا، روح کا زوال ہونے لگا اور اس وقت سے اس گھر کے دکھ سکھ مجھے ستانے لگے۔

مجھے تم پر اعتماد ہے اس لئے لکھ رہی ہوں۔ میری کہی ہوئی بات کی ایمانداری کو اگر تم نے نہ سمجھا تو میرے ساتھ ظلم کروگے۔ سچ یہ ہے کہ میں تمہیں بھولنے لگی تھی اور اب بھی بہت یاد نہیں کرتی۔۔۔

میں یہاں بہت خوش ہوں۔ سارے آرام یہاں ہیں۔ میری ماں اور پاپا کا ارمان کہ ان کی اکلوتی لڑکی کا رشتہ کسی اونچے گھر میں ہو، مکمل ہو ہی گیا ہے۔ اس سے بھی مجھے بہت اطمینان ملتا ہے۔ شادی ہونے سے پہلے مجھے تمہارا موہ تھا۔۔۔ تم سے دور ہونے کا سوچ کر میں گھبرا جاتی تھی۔۔۔ پر اب یہ سب ایک ملمع کی طرح اتر چکا ہے۔۔۔ پر 'یہ' جنہیں تم اپنا 'خوش نصیب ظالم دوست' کہتے ہو، بہت کچھ تمہاری طرح ہی ہیں، تمہاری طرح ہی ہنستے ہیں، ویسے ہی بات کرتے ہیں، اسی طرح چلتے پھرتے ہیں، سب انداز وہ ہی ہیں۔ ہاں، تمہاری آنکھیں ذرا زیادہ گہری ہیں جن کے باعث بے اختیار مجھے تمہاری یاد آگئی۔

۔۔ آج کھانا پکانے والی مہاراجن نہیں آئی۔ گھر کی بہوہوں میں، کھانا پکانے کے لئے باورچی خانہ میں گئی۔ شاید پہلی بار۔ جب وہاں گھسی تو اک دم یہ احساس جاگ اٹھا کہ تمہارے ساتھ اگر زندگی بیتی ہوتی تو روز ایسے ہی مجھے کھانا پکانا پڑتا۔ تمہارے ساتھ زندگی کے تمام تصورات میرے دماغ میں آ آ کر سماتی جا رہے تھے۔ مجھے اس طرح رہنا پڑتا، میں یہ کرتی، میں وہ کرتی، شام کو تمہارے آنے کی راہ دیکھتی، میں کھانا پکاتی، تم بیچ بیچ میں آکر چھیڑتے، کبھی دال میں پانی مزید بتاتے تو کبھی باورچی خانے میں گرمی سے پریشان دیکھ کر مجھے باہر لے جاتے۔

میری حالت عجیب سی ہو رہی تھی۔ تمہاری ہر بات یاد آنے لگی۔ اکیلے ہی روٹی بنانے بیٹھی تو لگا جیسے تم ابھی شروع کرنے آ رہے ہو، تم میری آنکھوں کے سامنے پوری

طرح سے ابھرے ہوئے تھے، میری ہر سانس میں تم بس گئے تھے۔ میرے چاروں طرف تم تھے۔ تمہارے پیروں کی آہٹ ہر طرف سے آ رہی تھی اور میری ہر روٹی ٹیڑھی ہو جاتی تھی۔۔۔ ہر گول بنتی روٹی اپنے آپ ٹیڑھی ہو کر بد شکل ہو جاتی۔ یہ سب مجھے بہت اپنا سا لگ رہا تھا جیسے پرانی روح اپنے پرانے طور پر مجھے واپس مل گئی ہو۔ کھاتے وقت انہوں نے ہنستے ہوئے کہا کہ واہ یہ کسی خاص جگہ کی روٹیوں کا نمونہ ہے۔

ماں جی بولی تھیں، ارے سیکھ جائے گی، اس میں ہنسنے کی کیا بات، ابھی عادت نہیں ہے۔

پر راجو، میری روح تمہاری آہٹ سن رہی تھی۔ میں نے اپنے آنسوؤں کو دونوں کی نظر چرا کر سکھا لیا۔ شاید کسی نے نہیں دیکھا۔ اگر دیکھا بھی ہو گا تو سمجھ نہیں پایا ہو گا۔

میں خط آگے نہ پڑھ سکا۔ گھٹن، بے بسی، دھواں، قیام، خاموشی اور اس میں اوبتی ہوئی روح۔ وہ بے بس اٹھے ہوئے ہاتھ اور پانی بھری آنکھیں جیسے چاروں طرف تھیں، ہر طرف تھیں۔

(۴) چپل

ہانی بہت چھوٹی سی ہے مجھے آل انڈیا میڈیکل انسٹی ٹیوٹ کی ساتویں منزل پر جانا تھا آئی سی یو میں گاڑی پارک کر کے چلا تو دل بہت ہی فلسفیانہ ہو اٹھا تھا۔ کتنا دکھ اور درد ہے اس دنیا میں مسلسل، ایک لڑائی موت سے چل رہی ہے اور سب کے دکھ درد ایک سے ہیں۔ درد اور اذیت تو درد اور اذیت ہی ہے اس میں انسان اور انسان کے درمیان امتیاز نہیں کیا جا سکتا۔ دنیا میں ہر ماں کے دودھ کا رنگ ایک ہے خون اور آنسوؤں کا رنگ بھی ایک ہے۔ دودھ، خون اور آنسوؤں کا رنگ نہیں بدلا جا سکتا۔ شاید اسی طرح دکھ، درد اور اذیت کے رنگوں کا بھی بٹوارا نہیں کیا جا سکتا۔

میرے اندر سے 'صدیاں' بولنے لگی تھیں۔ ایک پرانی تہذیب کا وارث ہونے کے حیثیت یہ ذہنی سہولت ضرور ہے کہ تم ہر بات یا حادثے کا کوئی فلسفیانہ جواب تلاش کر سکتے ہو۔ حل چاہے نہ ملے، پر ایک بے شکل بے جسم فلسفیانہ جواب ضرور مل جاتا ہے، اور پھر پرانی ستہذیب کی یہ خوبی بھی ہے کہ ان کی روایت سے چلی آتی نسلوں کو ایک روح نام کی زندہ طاقت بھی مل گئی ہے۔

مجھے اپنے اس دوست کی باتیں یاد آئیں جس نے مجھے شام کے سنگین آپریشن کی بات بتائی تھی اور اسے دیکھ آنے کی صلاح دی تھی اسی نے مجھے آئی سی یو میں شام کے کیبن کا پتہ بتایا تھا۔ آٹھویں فلور پر آپریشن تھیٹرس ہیں، اور ساتویں پر شام کا ایسی میجر آپریشن میں شام کی بڑی آنت کاٹ کر نکال دی گئی تھی اور اگلے اڑتالیس گھنٹے کریٹکل

تھے۔۔۔

راستہ ایمر جنسی وارڈ سے جاتا تھا۔ ایک انتہائی درد بھری چیخ ایمر جنسی وارڈ سے آ رہی تھی۔۔۔ وہ درد بھری چیخ تو درد بھری چیخ ہی تھی کوئی زخمی مریض اسی تکلیف سے چیخ رہا تھا۔ اس چیخ سے روح کانپ رہی تھی۔۔۔ درد کی چیخ اور درد کی چیخ میں کیا فرق تھا! دودھ، خون اور آنسوؤں کے رنگوں کی طرح چیخ کی تکلیف بھی تو ایک سی تھی۔ اس میں امتیاز کہاں تھا؟۔۔۔

میرا وہ دوست جس نے مجھے شام کو دیکھ آنے کا فرض ادا کرنے کے لئے بھیجا تھا، وہ بھی الہ آباد کا ہی تھا وہ بھی اسی صدیوں پرانی تہذیب کا وارث تھا ٹھیٹھ الہ آبادی۔ موج میں وہ بھی فلسفی کی طرح بولا تھا، اپنا کیا ہے؟ ریٹائر ہونے کے بعد گنگا کنارے ایک جھونپڑی ڈال لیں گے۔ آٹھ دس تاڑ کے درخت لگا لیں گے۔۔۔ مچھلی مارنے کا ایک بنسی۔۔۔ دو چار مچھلیاں تو دوپہر تک ہاتھ آئیں گی ہی۔۔۔ رات بھر جو تاڑی ٹپکے گی اسے فریج میں رکھ لیں گے۔۔۔

'فریج میں؟'

'اور کیا۔۔۔ ماڈرن سادھو کی طرح رہیں گے! مچھلیاں تلیں گے، کھائیں گے اور تاڑی پئیں گے۔۔۔ اور کیا چاہئے۔۔۔ پنشن ملتی رہے گی۔ اور مایا موہ کیوں پالے؟ پالیں گے تو جان اٹکی رہے گی۔۔۔ تاڑی اور مچھلی۔۔۔ بس، روح تاڑی جسم، مچھلی مکمل آرام سے مہاپرستھان کو جائے گی۔۔۔ نہ کوئی غم، نہ کوئی تکلیف۔۔۔ لیکن تم جا کے شام کو دیکھ ضرور آنا۔۔۔ وہ کریٹکل ہے۔۔۔'

میرا دوست اپنے مستقبل کے بارے میں کتنا فکر تھا، یہ دیکھ کر مجھے بہت اچھا لگا تھا۔ یہ بات سوچ سوچ کر مجھے ابھی تک اچھا لگ رہا تھا، سو اس چیخ کے جو ایمر جنسی وارڈ

سے اب تک آ رہی تھی۔۔۔ اور مجھے ستا رہی تھی۔۔۔ اس لئے لفٹ کے آنے میں جو تاخیر ہو رہی تھی وہ مجھے محسوس ہو رہی تھی۔

آخر لفٹ آئی! 'سات مالہ' میں نے کہا اور شام کے بارے میں سوچنے لگا۔ دو تین وارڈ بوائے تیسری اور چوتھی منزل پر اتر گئے۔

پانچویں منزل پر لفٹ رکی تو کچھ لوگ اوپر جانے کے لئے انتظار کر رہے تھے۔ انہی لوگوں میں تھا وہ پانچ سال کا بچہ ہسپتال کی دھاری دار بہت بڑی سی قمیض پہنے ہوئے۔۔۔ شاید اس کا باپ، وہ ضرور ہی اس کا باپ ہو گا، اسے گود میں اٹھائے ہوئے تھا۔۔۔ اس بچے کے پیروں میں چھوٹی چھوٹی نیلی ہوائی چپل تھی، جو گود میں ہونے کی وجہ سے اس کے چھوٹے چھوٹے پیروں میں الجھی ہوئی تھیں۔

اپنے پیروں سے گرتی ہوئی چپلوں کو دھیرے سے الجھاتے ہوئے بچہ بولا بابا! چپل۔۔

اس کے باپ نے چپل اس کے پیروں میں ٹھیک کر دیں۔ وارڈ بوائے وہیل چیئر بڑھاتے ہوئے بولا آجا، اس میں بیٹھے گا!

بچہ ہلکے سے ہنسا۔ وارڈ بوائے نے اسے کرسی میں بٹھا دیا۔۔۔ اسے بیٹھنے میں کچھ تکلیف ہوئی پر وہ کرسی کے ہتھے پر اپنے ننھے ننھے ہاتھ پٹکتا ہوا ابھی ہنستا رہا۔ درد کا احساس تو اسے بھی تھا، پر درد کی وجہ کا احساس اسے بالکل نہیں تھا۔ وہ کرسی میں ایسے بیٹھا تھا جیسے تخت پر بیٹھا ہو۔۔۔ کرسی بڑی تھی اور وہ چھوٹا۔ وارڈ بوائے نے کرسی کو پش کیا۔ وہ لفٹ میں آ گیا۔ اس کے ساتھ ہی اس کا باپ بھی۔ اس کا باپ اس کے سر پر پیار سے ہاتھ پھیرتا رہا۔

لفٹ سات پر رکی، پر میں نہیں نکلا۔ دو ایک لوگ نکل گئے۔ لفٹ آٹھ پر رکی۔

یہیں آپریشن تھیٹر تھے۔ دروازہ کھلا تو ایک نرس جس کے ہاتھ میں سب فارم تھے، اسے دیکھتے ہوئے بولی آ گیا تو!

اس بچے نے دھیرے سے مسکراتے ہوئے نرس سے جیسے کہا ہاں! اس کی آنکھیں نرس سے شرما رہی تھیں اور ان میں بچپن کی بڑی معصوم دودھیا چمک تھی، وہیل چیئر ایک جھٹکے کے ساتھ لفٹ سے باہر گئی نرس نے اس کا کندھا ہلکے سے تھپکایا۔۔۔

'بابا! چپل،'

وہ تبھی بولا 'میری چپل'۔۔۔

اس کی ایک چپل لفٹ کے پاس گر گئی تھی اس کے باپ نے وہ چپل بھی اسے پہنا دی اس نے دونوں پیروں کی انگلیوں کو سکوڑا اور اپنی چپل پیروں میں کس لیں۔

لفٹ بند ہوئی اور میں نیچے اتر گیا۔

وارڈ بوائے بچے کی کرسی کو پش کرتا ہوا آپریشن تھیٹر والے برآمدے میں چلا گیا۔

نرس اس کے ساتھ ہی چلی گئی اس کا باپ دھیرے رکھے ان کے پیچھے آ رہا تھا۔

تو مجھے یاد آیا کہ مجھے تو ساتویں منزل پر جانا تھا، شام وہیں تھا۔ میں سیڑھیوں سے ایک منزل اتر آیا شام کے ڈاکٹر پتی نے مجھے پہچانا اور آگے بڑھ کر مجھ سے ہاتھ ملایا ہاتھ کی پکڑ میں مایوسی اور لاچاری تھی کچھ پل خاموشی رہی پھر میں نے کہا، میں کل ہی واپس آیا تب پتہ چلا یہ اچانک کیسے ہو گیا؟

نہیں، اچانک نہیں، بلیڈنگ تو پہلے بھی ہوئی تھی پر اس وقت کنٹرول کر لی گئی تھی پندرہ دنوں بعد پھر ہونے لگی اے کسے سچ بلیڈنگ چار گھنٹے آپریشن میں لگے اینڈ یو نو، وی ڈاکٹر آر ورسٹ پیشینٹس! وہ شام کے بارے میں بھی کہہ رہے تھے شام بھی ڈاکٹر تھا۔

یس! آپ تو سب سمجھ رہے ہوں گے شام کو بھی ایک ایک بات کا انداز ہو رہا ہو گا!

میں نے کہا۔

لیکن وہ بہت کریجبلی بی ہیو کر رہا ہے! شام کے ڈاکٹر پتی نے کہا، پلس بھی گردن کے پاس ملی۔ آرٹیفشیل ریسپریشن پر ہے ایک طرح سے دیکھئے تو اس کا سارا جسم آرام کر رہا ہے اور سب کچھ ارٹیفشل مدد سے ہی چل رہا ہے، شام کے ڈاکٹر پتی زیادہ تر باتیں مجھے میڈکل ٹرمس میں ہی بتاتے رہے اور میں انہیں سمجھنے کی کوشش کرتا رہا بیچ بیچ میں ادھر ادھر کی باتیں بھی کرتا رہا۔

شام کا بھائی بھی آج صبح پہنچ گیا کسی طرح اسے جاپان ہوتے ہوئے ٹکٹ مل گیا! انہوں نے بتایا۔

یہ بہت اچھا ہوا میں نے کہا۔

آپ دیکھنا چاہیں گے ؟

ہاں، اگر پاسبل ہو تو۔۔۔

آیئے دیکھ تو سکتے ہیں اندر جانے کی اجازت نہیں ہے ویسے تو سب ڈاکٹر فرینڈس ہی ہیں، پر۔۔۔

نہیں نہیں، وہ ٹھیک بھی ہے۔۔۔

وہ بول بھی نہیں سکتا ویسے آج کاشس ہے کچھ کہنا ہوتا ہے تو لکھ کے بتا دیتا ہے انہوں نے کہا اور ایک کیبن کے سامنے پہنچ کر اشارہ کیا۔

میں نے شیشے کی دیوار سے شام کو دیکھا وہ شناخت میں ہی نہیں آیا دو ڈاکٹر اور نرس اسے اٹینڈ بھی کر رہے تھے اور پھر اتنی نلیاں اور مشینیں تھیں کہ ان کے درمیان شام کی شناخت مشکل بھی تھی۔

شام ہوش میں تھا ڈاکٹر کو دیکھ رہا تھا۔ ڈاکٹر اس کا ایک ہاتھ سہلاتے ہوئے اسے کچھ

بتا رہا تھا میں نے شام کو اس حال میں دیکھا تو دل اداس ہو گیا وہ کتنا لاچار تھا بیماری اور وقت کے سامنے آدمی لاچار ہوتا ہے کچھ کر نہیں پاتا۔ میں نے من ہی من شام کے لئے دعا کی، کس کی یہ نہیں معلوم ایسی جگہوں پر آکر خدا پر دھیان جاتا بھی ہے اور کسی کے بھلے کے لئے اس کے وجود کو تسلیم کر لینے میں اپنا کچھ نہیں جاتا سوا دعا کے کچھ الفاظ کے۔

ہم آئی سی یو سے ہٹ کر پھر بر آمدے میں آ گئے وہاں بیٹھنے کے لئے کوئی جگہ نہیں تھی بر آمدے بیٹھنے کے لئے بنائے بھی نہیں گئے تھے شام یا ڈاکٹر کی بہن نیچے چادر بچھائے بیٹھی تھی ڈاکٹر کے کچھ دوست ایک گچھے میں کھڑے تھے

ابھی تو، بعد میں، ایک آپریشن اور ہو گا شام کے ڈاکٹر پتی نے کہا، اس وقت چھوٹی آنت کو سسٹم سے جوڑا جائے گا خیر پہلے وہ اسٹے بلائز کرے، پھر ریکوری کا سوال ہے اس کے بعد میں سوچتا ہوں اسے امریکہ لے جاؤں گا!

یہ ٹھیک رہے گا!

اس کے بعد ہم پھر ادھر ادھر کی باتیں کرتے رہے میں شام کی سنگین حالت سے ان کی توجہ بھی ہٹانا چاہتا تھا اس کے علاوہ میں اور کر بھی کیا سکتا تھا، اور ڈاکٹر کے سامنے یوں خاموش کھڑے رہنا اچھا بھی نہیں لگ رہا تھا، یہ ظاہر کرتے ہوئے کہ ہسپتال والوں سے چھپا کر میں سگریٹ پینا چاہتا ہوں میں کھڑکی کے پاس جا کر کھڑا ہو گیا۔ باہر لو چل رہی تھی نیچے کچھ لوگ آ جا رہے تھے وہ اوپر سے بہت لاچار اور بیچارے لگ رہے تھے اور میرے دل سے سب کے بھلے کے لئے خیر سگالی کی ندیاں پھوٹ رہی تھیں اے یسے میں تم سوچو تو لگتا ہے انسان نے انسان کے ساتھ تو تعلقات بنا لئے ہیں، پر خدا کے ساتھ وہ ایسا نہیں کر پایا ہے انسان اپنے خدا کے دکھ سکھ میں شامل نہیں ہو سکتا۔ خدا سے اس کا تعلق صرف داتا اور پاتا کا ہے وہ دیتا ہے اور انسان پاتا ہے کتنا اک طرفہ رشتہ ہے یہ اور پھر اگر

تم یہ بھی مان لو کہ خدا ہی انسان کو پیدا تو خدا کی صلاحیت پر اعتماد گھٹنے لگتا ہے۔ صدیوں سے وہ انسان کو پیدا کرتا آ رہا ہے لیکن ان گنت جانوروں کو بنانے کے باوجود وہ آج تک ایک آسان مکمل اور جامع انسان نہیں بنا پایا۔ کچھ کمی کہیں تو خدا کے نظام میں بھی ہے ہو سکتا ہے ان کا آرٹسٹ انہیں مٹی سپلائی کرنے میں کچھ گھپلا کر رہا ہو اس راز کا پتہ کون لگائے؟ راز ہی راز کو جنم دیتا ہے۔ شاید اس لئے انسان نے خدا کو راز ہی رہنے دیا۔ ذو اقتدار یا طاقت یقین کے نقش پر کھرا نہ اترے، اسے راز بنا دینا ہی بہتر ہے اور کیا بھی کیا جا سکتا ہے۔۔۔

لو کے ایک تھپیڑے نے میرا منہ جھلسا دیا۔ ڈاکٹر اپنے فکر مند دوستوں کے گروہ میں کھڑے تھے اور سب کے چہرے کچھ زیادہ ہی فکر میں تھے۔

بلڈ پریشر گر رہا ہے

آئی سی یو میں ڈاکٹروں اور نرسو کی آمد و رفت سے لگ رہا تھا کہ کوئی پیشانی کا معاملہ سامنے ہے کچھ دیر بعد پتہ چلا کہ نیڈل کچھ ڈھیلی ہو گئی تھی، اس کو ٹھیک کر دیا گیا ہے اور بلڈ پریشر ٹھیک سے ریکارڈ ہو رہا ہے۔ سب نے راحت کی سانس لی موت سے لڑنا کوئی معمولی کام نہیں ہے۔ خدا نے تو موت پیدا کی ہی ہے، پر موت تو انسان بھی پیدا کرتا ہے۔ ایک طرف زندگی کے لئے لڑتا ہے اور دوسری طرف موت بھی بانٹتا ہے۔ یہ جدوجہد ہی تو زندگی ہے یہی زندہ رہنے کی شرط ہے۔۔۔۔

سگریٹ سے منہ تلخ ہو گیا تھا لو ویسے ہی تھپیڑے مار رہی تھی سیمنٹ کے پلاسٹر کا دہکتا چلچلاتا تالاب سامنے پھیلا تھا کوئی ایک آدمی جلتے ننگے پیروں سے اسے پار کر رہا تھا۔

میں نے پلٹتے ہوئے لفٹ کی طرف دیکھا۔ ڈاکٹر میرا مطلب سمجھ گئے تھے، لیکن اس وقت اتفاق سے ان کے کوئی دوست آ گئے۔ خیر و عافیت کی پوچھ گچھ کے بعد وہ تقریباً

تقریر سا دینے لگے، اب تو اگنی میزائل کے بعد بھارت دنیا کا سب سے طاقتور تیسرا ملک ہو گیا ہے اور آنے والے دس سالوں میں ہمیں اب کوئی طاقت سپر پاور بننے سے نہیں روک سکتی۔ انگلینڈ اور فرانس کی پوری آبادی سے زیادہ بڑا ہے آج ہندوستان کا متوسط طبقہ اپنی امارت میں ہندوستانی متوسط طبقہ جیسی طاقت اور دولت کا ان ممالک کے متوسط طبقے کے پاس بھی نہیں ہے۔۔۔۔۔۔۔۔

تبھی ایک فکر مند نرس تیزی سے گزر گئی اور سناٹا چھا گیا فکر کے بھاری لمحہ جب کچھ ہلکے ہوئے تو میں نے پھر لفٹ کی طرف دیکھا۔ ڈاکٹر صاحب سمجھ گئے، آپ کو ڈھائی تین گھنٹے ہو گئے، کیا کیا کام چھوڑ کے آئے ہوں گے اور وہ لفٹ کی طرف بڑھے لفٹ آئی، پر وہ اوپر جا رہی تھی۔ ڈاکٹر صاحب کو میری خاطر روکنا نہ پڑے، اس لئے میں لفٹ میں گھس گیا۔

لفٹ آٹھویں منزل پر پہنچی وہاں زیادہ لوگ نہیں تھے پر ایک سٹریچر تھا اور دو تین لوگ۔ سٹریچر اندر آیا اسی کے ساتھ لوگ بھی سٹریچر پر چادر میں لپٹا بچہ پڑا ہوا تھا۔ وہ بے ہوش تھا وہ آپریشن کے بعد واپس لوٹ رہا تھا اس کے گالوں اور گردن کے ریشمی روئیں پسینے سے بھیگے ہوئے تھے۔ پیشانی پر بال بھی پسینے کی وجہ سے چپکے ہوئے تھے۔

اس کا باپ ایک ہاتھ میں گلوکوز کی بوتل پکڑے ہوئے تھا گلوکوز کی نالی کی سوئی اس کے تھکے اور دودھ بھرے بازو کی نسوں میں لگی ہوئی تھی۔ اس کا باپ مسلسل اسے دیکھ رہا تھا وہ شاید پسینے سے پیشانی پر چپکے اس کے بالوں کو ہٹانا چاہتا تھا، اس لیے اس نے دوسرا ہاتھ اوپر کیا، پر اس کے ہاتھ میں بچے کی چپل اس کی انگلیوں میں الجھی ہوئی تھیں وہ چھوٹی چھوٹی نیلی ہوائی چپل۔۔۔۔۔۔۔۔۔

میں نے بچے کو دیکھ پھر اس کی معصوم باپ کو۔

میرے منہ سے اچانک نکل گیا اس کا۔۔۔

اس کی ٹانگ کاٹی گئی ہے وارڈ بوائے نے باپ کی مشکل حل کر دی۔

اوہ! کچھ ہو گیا تھا؟ میں نے جیسے اس کے باپ سے ہی پوچھا۔ وہ مجھے دیکھ کر خاموش رہ گئے اس کے ہونٹ کچھ بدبدا کر تھم گئے لیکن وہ بھی خاموش نہیں رہ سکا۔ ایک پل کے بعد ہی بولا، ران کی ہڈی ٹوٹ گئی تھی۔۔۔۔۔۔۔۔۔

چوٹ لگی تھی؟

نہیں سڑک پار کر رہا تھا ایک گاڑی نے مار دیا، وہ بولا اور میری طرف ایسے دیکھا جیسے میں ٹکر مارنے والی گاڑی ہوں، پھر وہ بے چین ہو کر اپنے بیٹے کو دیکھنے لگا۔

پانچویں منزل پر لفٹ رکی بچوں کا وارڈ اسی منزل پر تھا لفٹ میں آنے والے بہت سے لوگ تھے وہ سب سٹیر چر نکالے جانے کے انتظار میں بے صبری سے روکے ہوئے تھے۔۔۔ وارڈ بوائے نے جھٹکا دے کر سٹریچر نکالا تو بچہ بوریوں کی طرح ہل اٹھا، اچانک میرے منہ سے نکل گیا، آہستہ سے۔۔۔

یہ تو بیہوش ہے اسے کیا پتہ؟ سٹریچر کو باہر پش کرتے ہوئے وارڈ بوائے نے کہا۔

اس بچے کا باپ کھلے دروازے سے ٹکراتا ہوا باہر نکلا تو ایک نرس نے اس کے ہاتھ کی گلوکوز کی بوتل پکڑ لی۔

لفٹ کے باہر پہنچتے ہی اس کے باپ نے اس کی دونوں نیلی ہوائی چپل وہیں کونے میں پھینک دیں پھر کچھ سوچ کر کہ شاید اس کا بیٹا ہوش میں آتے ہی چپل مانگے گا، اس نے پہلے ایک چپل اٹھائی۔۔۔۔۔۔۔۔۔ پھر دوسری بھی اٹھالی اور سٹریچر کے پیچھے پیچھے وارڈ کی طرف جانے لگا۔

مجھے نہیں معلوم کہ اس کا بیٹا جب ہوش میں آئے گا تو کیا مانگے گا چپل مانگے گا یا

چپلوں کو دیکھ کر اپنا پیر مانگے گا۔۔۔

بے صبری سے انتظار کرتے لوگ لفٹ میں آ گئے تھے۔ لفٹ مین نے بٹن دبایا۔ دروازہ بند ہوا۔ وہ لوہے کا بند کمرہ نیچے اترنے لگا۔۔۔

(۵) لاش

سارا شہر سجا ہوا تھا۔ خاص خاص سڑکوں پر جگہ جگہ پھاٹک بنائے گئے تھے۔ بجلی کے کھمبوں پر جھنڈے، دیواروں پر پوسٹر۔ والنٹیر کئی دنوں سے شہر میں فارم بانٹ رہے تھے۔ محاذ کی سرگرمیاں تیزی پکڑتی جا رہی تھیں۔ خیال تو یہاں تک تھا کہ شاید ریلیں، بسیں اور ہوائی ٹریفک بھی ٹھپ ہو جائے گا۔ شہر بھر میں بھاری ہڑتال کریں گے اور لاکھوں کی تعداد میں لوگ جلوس میں شرکت کریں گے۔

شہر سے باہر ایک میدان میں مکمل شہر ہی بس گیا تھا۔ دور دور سے ٹکڑیاں آ رہی تھیں۔ کچھ ٹکڑیاں کنٹریکٹ کی بسوں میں آئی تھیں۔ بسوں پر بھی جھنڈے تھے۔ کپڑے کی پٹیوں پر تحصیل کا نام تھا۔ کچھ ٹکڑیوں میں عورتیں بھی تھیں، بچے بھی۔ عورتیں خالی وقت میں مہم گیت گاتی رہتی۔

مرکزی کمیٹی نے کچھ نئے نعرے بنائے تھے۔ ضلع سطح کے کچھ لوگ ان نعروں کا ریاض کر رہے تھے۔ لنگر میں آپا دھاپی تھی۔ شہر کے سب راستے، ہوٹل، دھرم شالائیں، سرائیں اور رشتہ داروں کے گھر مظاہرین سے بھرے ہوئے تھے۔

دو مہینے پہلے درزیوں کو جھنڈوں اور ٹوپی سلنے کا ٹھیکہ دے دیا گیا تھا۔ فارم اور پوسٹروں کا کام سات چھاپہ خانوں کے پاس تھا۔ جن پرچوں پر مطالبات اور نعرے چھپے تھے، وہ سب مظاہرین کو بانٹ دیے گئے تھے۔ پولیس کی طاقت بھی بڑھتی جا رہی تھی۔ ٹریفک پولیس نے شہریوں کی سہولت کے لئے اعلان نکالنے شروع کر دیے کہ مورچے

والے دن شہری شہر کی کن کن سڑکوں کو استعمال نہ کریں۔۔۔ کہ شہری اپنی گاڑیاں وغیرہ محفوظ مقامات پر رکھیں۔

مورچے کے پیمانے کا انداز لگا کر پولیس کمشنر نے پی اے سی کو بلا لیا تھا۔ جن جن سڑکوں سے جلوس کو گزرنا تھا، ان کی عمارتوں پر جگہ جگہ مسلح پولیس تعینات کر دی تھی۔ سڑکوں کے دونوں طرف صرف وہ پولیس تھی، جس کے پاس ڈنڈے تھے۔۔۔ تاکہ مظاہرین کو تاؤنہ آئے۔ یہ سب انتظامات پولیس کمشنر نے خود ہی کر لئے تھے۔

اپنے چوکس انتظامات کی خبر دینے کے لیے جب پولیس کمشنر وزیر اعلیٰ کے پاس پہنچا تو اس کا سارا ٹینشن خود ہی ختم ہو گیا۔ وزیر اعلیٰ کے چہرے پر کوئی فکر یا پریشانی نہیں تھی۔ وہ ہمیشہ کی طرح خوش و خرم موڈ میں تھے۔ وزیر داخلہ دھیرے دھیرے مسکرا رہے تھے۔ وزیر اعلیٰ نے کچھ کہا تو پولیس کمشنر نے تفصیل دینی شروع کیں۔ دو ہزار لوکل فورس ہیں، پانچ سو پی اے سی، چار سو ڈسٹرکٹ سے آیا ہے، تین سو ریلوے کا ہے، اسی جوان جیل سے اٹھا لئے ہیں، دو سو ہوم گارڈ! ان میں سے آٹھ سو آرمڈ ہیں۔ ہر پولیس چوکی پر شیلس کا انتظام ہے۔ سولہ سو لاٹھیاں گزشتہ ہفتے آ گئی تھیں۔ ساڑھے چار سو کی فورس سویلین ہے۔۔۔

پولیس کمشنر سب بتاتا جا رہا تھا، پر وزیر اعلیٰ خصوصی توجہ سے نہیں سن رہے تھے۔ وزیر داخلہ بھی بہت دلچسپی نہیں لے رہے تھے۔ کمشنر کچھ حیران ہوا۔ اس نے ایک لمحہ رک کر ان دونوں کی طرف تاکا۔ تو وزیر اعلی نے اپنا چشمہ صاف کرتے ہوئے کہا، 'خوامخواہ آپ نے اتنی طوالت کی۔

'ان مخالف پارٹیوں کا کچھ بھروسہ نہیں۔۔۔ اگر ہم انتظام نہ کریں تو۔۔۔ کمشنر کہہ رہا تھا۔

مورچہ خاموش رہے گا۔ وزیر داخلہ نے کہا۔

'کیا پتہ۔ کمشنر بولا، 'مجھے تو۔۔۔

وزیر اعلیٰ نے بات کاٹ دی 'بہت اودھم نہیں مچے گا۔ بس ذرا غنڈوں پر نظر رکھئے گا۔۔۔

'غنڈے تو تین چوتھائی سے زیادہ پکڑ لئے گئے ہیں۔۔۔ یہ تو تین دن پہلے ہی کر لیا گیا تھا۔ کچھ آج دوپہر بند کر دیے جائیں گے۔

'ٹھیک ہے۔

'تو میں اجازت لوں؟ کمشنر نے پوچھا۔

'ٹھیک ہے، وزیر اعلیٰ نے کہا، 'عقل سے کام لیجیے گا۔ میرے خیال سے آپ مورچے کے کرتا دھرتاؤں سے ملتے ہوئے نکل جایئے۔ تینوں یہیں ایم ایل اے ہوسٹل میں ٹکے ہوئے ہیں۔۔۔ "جی مجھے معلوم ہے، پر شاید اب تک وہ اپنے پنڈال میں چلے گئے ہوں گے۔۔۔ کمشنر نے ذرا جھجھکتے ہوئے کہا، 'اور وہاں جا کر ملنا۔۔۔ میرے خیال سے ٹھیک نہیں ہو گا۔۔۔

'وہ یہیں ہوں گے۔۔۔ ارے بھئی، آپ کو معلوم نہیں، ان میں سے کانتی لال تو میرے ساتھ جیل میں رہے ہیں۔ بڑے آدرش وادی آدمی ہیں۔۔۔ تیز اور بے لاگ۔ ایسے مخالف کو میں تو سر ماتھے بٹھاتا ہوں۔ ان کی بس ایک ہی کمزوری ہے نیند! آپ ان کے سر پر نقارہ بجائیں، پر وہ نو بجے سے پہلے نہیں اٹھ سکتے۔ جیل میں بھی یہی عادت تھی۔ ستیہ گرہ تحریک کے دنوں میں بھی! انہیں نیند پوری چاہیے۔۔۔ ابھی وہیں ہوں گے۔۔۔ وزیر اعلیٰ نے تعریف کرتے ہوئے مزید کہا، 'اب محاذ کا معاملہ ہے، اس لئے شاید وہ ملنے نہ آئیں، نہیں تو ہمیشہ آتے ہیں۔۔۔ بہت عمدہ آدمی ہے۔ بھئی، میں تو ان کی بڑی عزت

کرتا ہوں۔

'اس پارٹی بازی اور پالٹکس کو کیا کہا جائے۔۔۔ کانتی لال جی کو تو حکومت میں ہونا چاہیے تھا۔۔۔ وزیر داخلہ نے بڑے دکھ سے کہا۔

'بالکل۔۔۔ وزیر اعلیٰ بولے، 'دیکھتے جایئے، مل جائیں تو ٹھیک ہے۔۔۔ میرا اسلام بولئے گا۔ نہ ہوں تو پنڈال میں جانے کی ضرورت نہیں ہے۔۔۔

پولیس کمشنر نیا تھا۔ ڈرتے ڈرتے بولا، 'مورچے والے شاید آپ کا پتلا بھی جلائیں گے، اس کے بارے میں۔۔۔

'ارے ٹھیک ہے، جلانے دیجئے۔۔۔ اس سے آپ کا قانون کہاں بھنگ ہوتا ہے۔ جو ان کے دل میں آئے کرنے دیں، آپ نگرانی رکھیں، بس، آپ کی یہ ذمہ داری ہے۔ وزیر اعلیٰ نے کہا اور کرسی سے اٹھ کھڑے ہوئے۔

چار بجے چوک میدان سے جلوس چل پڑا۔ مورچہ زبردست تھا۔ سب سے آگے جھنڈے اور بگل تھے۔ ان کے پیچھے مہم گیت گانے والوں کی ٹولی تھی۔ اس کے پیچھے مطالبات کی دفتیاں پکڑے عورتوں کی ٹولی تھی۔ اس کے پیچھے ہزاروں کی تعداد میں مظاہرین تھے۔ جگہ جگہ سے آئے ہوئے لوگ سب ٹوپیاں لگائے تھے۔ ہاتھوں میں چھوٹے چھوٹے پرچم یا مطالبات کی دفتی پکڑے تھے۔ مورچہ بہت شان سے چل رہا تھا۔ قطاروں کے دونوں طرف کندھوں سے لاؤڈ اسپیکروں لٹکائے نعرے دینے والے والنٹیر تھے۔ بیچوں بیچ جھنڈوں سے سجی جیپ پر کانتی لال، ان کے ساتھی لیڈر اور کچھ اہم لوگ تھے۔

مورچہ بڑھتا جا رہا تھا۔ ہر کوئی حیران تھا۔ پتہ نہیں، اتنے لوگ اچانک کہاں سے نکل پڑے تھے۔ تماشہ بین شہریوں کی قطاریں ڈنڈے والی پولیس کے پیچھے سے حیرت

سے جھانک رہی تھیں۔

سچ مچ یقین نہیں ہوتا تھا کہ اتنی تعداد میں لوگ ابھی زندہ ہوں گے اور وہ اب بھی ان طریقوں پر بھروسہ کرتے ہوں گے۔ شاندار اور امنڈا ہوا متنوع جلوس آدمیوں کی طاقت سے بڑھتا جا رہا تھا۔ بڑے اخبارات کے فوٹو گرافر عمارتوں پر چڑھ کر ہر موڑ پر جلوس کی تصاویر کھینچ رہے تھے۔ کچھ غیر ملکی فوٹو گرافر اس تاریخی محاذ کو دیکھ کر حیران تھے۔ وہ جمہوریت کی طاقت کے بارے میں ایک آدھ فقرہ کہہ کر اپنے کام میں مشغول ہو جاتے تھے۔ وہ زیادہ تر قبائلیوں والی ٹولی کی تصاویر اتار رہے تھے۔ سرکاری فلمز ڈویژن کے کیمرہ مین اپنا کام کر رہے تھے۔

لمبی سڑک پر جاتے ہوئے جلوس دیکھنے کے قابل تھا۔ لاکھوں پیر ہی پیر۔۔۔ لاکھوں سر ہی سر۔ ہزاروں جھنڈے اور جوش سے بھرے نعرے۔۔۔ لہراتا ہوا لوگوں کا مجمع اور ان کا گرجنا۔ کہیں نہ اور نہ چھور۔۔۔ میلوں تک اژدہے کی طرح۔ تبھی اچانک سب ٹوٹ گیا۔۔۔ جلوس کے اگلے حصے میں بھگدڑ مچ گئی۔ سب کچھ تتر بتر ہو گیا۔ چاروں طرف بدحواسی بھر گئی۔ عمارات کی کھڑکیوں اور دکانوں کے دروازے تڑ تڑ بند ہونے لگے۔ جلوس دوڑتی بھاگتی چیختی چلاتی بدحواس اور اندھی بھیڑ میں بدل گیا۔ چاروں طرف شدید بدامنی پھیل گئی۔ پھر دھوئیں کے بادل اٹھے۔۔۔ کچھ لپٹیں دکھائی دیں۔ توڑ پھوڑ کی گونجتی ہوئی آوازیں اور گھبراہٹ بھری سی چیخیں آئیں اور گولیاں چلنے کی چٹختی ہوئی تڑتڑاہٹ سارے ماحول میں پھیل گئی۔ دھوئیں کے سمندر میں جیسے لاکھوں لوگ۔۔۔ گرتے پڑتے اور بھاگتے ہوئے لوگ۔ کچلے اور ٹوٹے پھوٹے ہوئے لوگ۔۔۔ ہنکاریں، چیخیں، دھماکے، شور اور تڑتڑاہٹ۔

دیکھتے دیکھتے سب کچھ ہو گیا۔ سڑکوں پر صرف جوتے چپل، جھنڈے اور مطالبات

کی دفتیاں رہ گئیں۔ پھٹے کپڑے، ٹوپیاں، ٹوٹے ڈنڈے اور پھٹی ہوئی جھنڈیاں۔

کچھ پتہ نہیں چلا کہ یہ سانحہ کیسے ہوا۔ کیوں ہوا؟ پولیس کی گاڑیوں میں دنگائی اور زخمی بھرے گئے۔ زخمیوں کو ہسپتال میں پہنچا دیا گیا۔ دنگائیوں کو دس میل دور لے جا کر چھوڑ دیا گیا۔ وہ غنڈے نہیں تھے، غنڈے پہلے سے بند تھے۔

زخم بہتوں کو آئے تھے۔ وہ بھگدڑ میں کچل گئے تھے۔ پولیس نے گولی چلائی ضرور تھی، پر ہوائی فائر کئے تھے۔ اس کی گولی سے ایک بھی شخص زخمی نہیں ہوا تھا۔ اعضاء کی صرف ٹوٹ پھوٹ ہوئی تھی۔

سارا شہر حیران رہ گیا تھا۔ غنیمت تھا کہ اتنے بڑے حادثے میں صرف ایک لاش گری تھی۔ وہ لاش بھی بالکل سالم تھی۔ اس کے نہ گولی لگی تھی، نہ وہ کہیں سے زخمی تھی۔

پولیس نے لاش کے چاروں طرف سے ڈیرہ ڈال دیا تھا۔ پولیس کا کہنا تھا کہ لاش کانتی لال کی ہے۔ کانتی لال نے یہ سنا تو حیران رہ گئے۔ بھگدڑ اور اس خوفناک حادثے سے پریشان ہو کر کچھ دیر بعد وہ لاش کو دیکھنے آئے۔ اسے دیکھتے ہی کانتی لال نے جوش سے بھرے لہجے میں کہا 'یہ وزیر اعلیٰ کی لاش ہے۔

پیش ہوئے حادثے کا معائنہ کرنے کے لئے وزیر اعلیٰ بھی نکل چکے تھے۔ انہوں نے یہ سنا تو بے چینی سے جا پہنچے۔ انہوں نے غور سے لاش کو دیکھا اور مسکراتے ہوئے بولے 'یہ میری نہیں ہے۔

(٦) گرمیوں کے دن

چنگی دفتر خوب رنگا چگنا ہے۔ اس کے دروازے پر دھنک رنگ کے بورڈ لگے ہوئے ہیں۔ سید علی مصور نے بڑے سدھے ہاتھوں سے ان بورڈوں کو بنایا ہے۔ دیکھتے دیکھتے شہر میں بہت سی ایسی دکانیں ہو گئی ہیں، جن پر سائن بورڈ لٹک گئے ہیں۔ سائن بورڈ لگنا یعنی اوقات کا بڑھنا۔ بہت دن پہلے جب دینانا تھ حلوائی کی دکان پر پہلا سائن بورڈ لگا تھا تو وہاں دودھ پینے والوں کی تعداد اچانک بڑھ گئی تھی۔ پھر سیلاب آگیا، اور نئے نئے طریقے اور بیل بوٹے ایجاد کئے گئے۔ 'اوم' یا 'جے ہند' سے شروع کر کے 'ایک بار ضرور امتحان کریں' یا 'ملاوٹ ثابت کرنے والے کو سو روپے نقد انعام' کی پکاروں یا للکاروں پر لکھاوٹ ختم ہونے لگی۔

چنگی دفتر کا نام تین زبانوں میں لکھا ہے۔ چئیر مین صاحب بڑے عقلمند آدمی ہیں، ان کی سوجھ بوجھ کے ڈنکے بجتے ہیں، اس لئے ہر سائن بورڈ ہندی، اردو اور انگریزی میں لکھا جاتا ہے۔ دور دور کے لیڈر لوگ تقریر کرنے آتے ہیں، ملک وزیر کے لوگ آگرے کا تاج محل دیکھ کر مشرق کی طرف جاتے ہوئے یہاں سے گزرتے ہیں۔۔۔ ان پر اثر پڑتا ہے، بھائی۔ اور پھر موسم کی بات میلے تماشے کے دنوں میں حلوائیوں، جولائی اگست میں کتاب کاغذ والوں، تیوہاروں کے دنوں میں کپڑے والوں اور خراب موسم میں ویدوں حکیموں کے سائن بورڈوں پر نیا روغن چڑھتا ہے۔ خالص دیسی گھی والے سب سے اچھے، جو چھپروں کے اندر دیوار پر گیرو یا چاک سے لکھ کر کام چلا لیتے ہیں۔ اس کے بغیر کام

نہیں چلتا۔ اہمیت بتاتے ہوئے وید جی نے کہا "بغیر پوسٹر چپکائے فلم والوں کا بھی کام نہیں چلتا۔ بڑے بڑے شہروں میں جایئے، مٹی کا تیل بیچنے والے کی دکان پر سائن بورڈ مل جائے گا۔ بڑی ضروری چیز ہے۔ بال بچوں کے نام تک سائن بورڈ ہیں، نہیں تو نام رکھنے کی ضرورت کیا ہے؟ سائن بورڈ لگا کے سکھدیو بابو کمپاؤنڈر سے ڈاکٹر ہو گئے، بیگ لے کے چلنے لگے۔"

پاس بیٹھے رامچرن نے ایک اور نئے معجزے کی خبر دی

لے انہوں نے بدھی والا اکا گھوڑا خرید لیا۔۔۔

ہانکے گا کون؟ ٹین کی کرسی پر پرانا یام کی مدرا میں بیٹھے پنڈت نے پوچھا۔

یہ سب جیب کترنے کا طریقہ ہے وید جی کا خیال اکے کی طرف زیادہ تھا مریض سے کرایہ وصول کریں گے۔ سائیس کو بخشش دلائیں گے، بڑے شہروں کے ڈاکٹروں کی طرح۔ اسی سے پیشے کی بدنامی ہوتی ہے۔ پوچھو، مریض کا علاج کرنا ہے کہ رعب داب دکھانا ہے۔ انگریزی ڈاکٹر مریض کی آدھی جان پہلے سکھا ڈالتے ہیں۔ اور وید جی نبض دیکھنا تو دور، چہرہ دیکھ کے مرض بتا دے! اکا گھوڑا اس میں کیا کرے گا؟ تھوڑے دن بعد دیکھنا، ان کا سائیس کمپاؤنڈر ہو جائے گا کہتے کہتے وید جی بڑی گھسی ہوئی ہنسی میں ہنس پڑے۔ پھر بولے کون کیا کہے بھائی؟ ڈاکٹری تو تماشا بن گئی ہے۔ وکیل مختار کے لڑکے ڈاکٹر ہونے لگے! خون اور رسومات سے بات بنتی ہے ہاتھ میں جس آتا ہے، وید کا بیٹا وید ہوتا ہے۔ آدھا علم لڑکپن میں جڑی بوٹیاں کوٹتے پیستے آ جاتا ہے۔ تولا، ماشا، رتی کا ایسا انداز ہو جاتا ہے کہ دوائیں غلط ہو ہی نہیں سکتی ہیں۔ دواؤں کا چمتکار ان کے بنانے کے طریقۂ کار میں ہے۔ وید جی آگے کچھ اور کہنے جا ہی رہے تھے کہ ایک آدمی کو دکان کی جانب آتے دیکھ چپ ہو گئے، اور بیٹھے ہوئے لوگوں کی طرف کچھ اس طرح دیکھنے گننے

لگے کہ یہ گپ لڑانے والے فالتو آدمی نہ ہو کر ان کے مریض ہوں۔

آدمی کی دکان پر چڑھتے ہی وید جی نے بھانپ لیا۔ مایوس ہو کر انہوں نے اسے دیکھا اور اداس ہو گئے۔ لیکن دنیا دکھاوا بھی کچھ ہوتا ہے۔ ہو سکتا ہے، کل یہی آدمی بیمار پڑ جائے یا اس کے گھر میں کسی کو بیماری گھیر لے۔ اس لئے اپنے برتاؤ اور پیشے کے وقار کے معاملے میں ہمیشہ چوکس رہنا چاہئے۔ اپنے کو بٹورتے ہوئے انہوں نے کہا، " کہو بھائی، راضی خوشی۔ " اس آدمی نے جواب دیتے ہوئے شیرے کی ایک کنستریا سامنے کر دی، " یہ ٹھاکر صاحب نے رکھوائی ہے۔ منڈی سے لوٹتے ہوئے لیتے جائیں گے۔ ایک ڈیڑھ بجے کے قریب۔ "

اس وقت دکان بند رہے گی، وید جی نے بیکار کے کام سے اوبتے ہوئے کہا حکیم ویدوں کی دکانیں دن بھر نہیں کھلی رہتی۔ تاجر تھوڑے ہی ہیں، بھائی! پر پھر کسی دن اور موقع کی امید نے جیسے زبردستی کہلوایا خیر، انہیں دقت نہیں ہو گی، ہم نہیں ہوں گے تو ساتھ والی دکان سے اٹھالیں۔ میں رکھتا جاؤں گا۔

آدمی کے جاتے ہی وید جی بولے شراب بندی سے کیا ہوتا ہے؟ جب سے ہوئی تب سے کچی شراب کی بھٹیاں گھر گھر چالو ہو گئیں۔ شیرا گھی کے بھاؤ فروخت ہونے لگا۔ اور ان ڈاکٹروں کو کیا کہیے۔۔۔ ان کی دکانیں ہولی بن گئی ہیں۔ لائسنس ملتا ہے دوا کی طرح استعمال کرنے کی، پر کھلے عام جنجر بکتا ہے۔ کہیں کچھ نہیں ہوتا۔ ہم بھنگ افیون کی ایک پڑیا چاہیں تو تفصیل دینی پڑتی ہے۔ "

ذمہ داری کی بات ہے پنڈت جی نے کہا۔

اب ذمہ دار وید ہی رہ گئے ہیں۔ سب رجسٹری ہو چکی، بھائی۔ ایسے غیر قانونی وید ڈاکٹر جتنے گھس آئے تھے، ان کی صفائی ہو گئی۔ اب جس کے پاس رجسٹری ہو گی وہی وید کا

کام کر سکتا ہے۔ چورن والے وید بن بیٹھے تھے۔۔۔ سب ختم ہو گئے۔ لکھنو میں سرکاری جانچ پڑتال کے بعد درست ہوئی ہے۔۔۔۔

وید جی کی بات میں مزا نہ لیتے ہوئے پنڈت اٹھ گئے۔ وید جی نے اندر کی طرف قدم بڑھائے، اور فارمیسی کا بورڈ لکھتے ہوئے چندر سے بولے سفید اگاڑھا ہے بابو، تارپین ملالو۔ وہ ایک بوتل اٹھالائے جس پر اشوکارشٹ کا لیبل لگا تھا۔

اسی طرح نہ جانے کن کن ادویات کی بوتلوں میں کس کس چیز کی روح بھری ہے۔ سامنے کی اکیلی الماری میں بڑی بڑی بوتلیں رکھی ہے؛ جن پر طرح طرح کے ارشٹوں اور اسووں کے نام چپکے ہیں۔ صرف پہلی قطار میں یہ شیشیاں کھڑی ہیں۔۔۔ ان کے پیچھے ضرورت کا اور سامان ہے۔ سامنے کی میز پر سفید شیشیوں کی ایک قطار ہے، جس میں کچھ مزیدار چورن۔۔۔ لون بھاسکر وغیرہ ہے، باقی میں جو کچھ بھرا ہے اسے صرف وید جی جانتے ہیں۔

تارپین کا تیل ملا کر چندر آگے لکھنے لگا 'پروفیسر۔ کویراج نتیانند تیواری 'اوپر کی سطر 'شری دھنوتر فارمیسی 'خود وید جی لکھ چکے تھے۔ سفیدے کے وہ حروف ایسے لگ رہے تھے جیسے روئی کے پھاہے چپکا دیئے ہیں۔ اوپر جگہ خالی دیکھ کر وید جی بولے، "بابو، اوپر جے ہند لکھ دینا اور یہ جو جگہ بچ رہی ہے، اس میں ایک طرف دراکشاسو کی بوتل، دوسری طرف کھرل کی تصویر۔۔۔ آرٹ ہمارے پاس مڈل تک تھا لیکن یہ تو ہاتھ سدھنے کی بات ہے۔"

چندر کچھ اونگھ رہا تھا۔ خواہ مخواہ پکڑا گیا۔ لکھاوٹ اچھی ہونے کا یہ انعام اس کی سمجھ نہیں آرہا تھا۔ بولا، "کسی مصور سے بنواتے۔۔۔ اچھا خاصا لکھ دیتا، وہ بات نہیں آئے گی۔۔۔ اپنا پسینہ پوچھتے ہوئے اس نے کوچی نیچے رکھ دی۔

پانچ روپے مانگتا تھا بابو۔۔۔ دو لائنوں کے پانچ روپے! اب اپنی محنت کے ساتھ یہ سائن بورڈ دس بارہ آنے کا پڑا۔ یہ رنگ ایک مریض دے گیا۔ بجلی کمپنی کا مصور بد ہضمی سے پریشان تھا۔ دو خوراکیں بنا کر دے دیں، پیسے نہیں لیے۔ سو وہ دو تین رنگ اور تھوڑی سی وارنش دے گیا۔ دو خانے رنگ گئے۔۔۔ یہ بورڈ بن گیا اور اک آدھ کرسی رنگ جائے گی۔۔۔ تم بس اتنا لکھ دو، سرخ رنگ کا شیڈ ہم دیتے رہیں گے۔۔۔ حاشیہ تر نگا کھلے گا؟" وید جی نے پوچھا اور خود منظوری بھی دے دی۔

چندر گرمی سے پریشان تھا۔ جیسے جیسے دوپہری نزدیک آتی جا رہی تھی، سڑک پر دھول اور لو کا زور بڑھتا جا رہا تھا، جواب میں چندر انکار نہیں کر پایا۔ پنکھے سے اپنی پیٹھ کھجلاتے ہوئے وید جی نے اجرت کے کام والے، پٹواریوں کے بڑے بڑے رجسٹر نکال کر پھیلانا شروع کیے۔

سورج کی تپش سے بچنے کے لئے دکان کا ایک کواڑ بھیڑ کر وید جی خالی رجسٹروں پر کھتونیوں سے نقل کرنے لگے۔ چندر نے اپنا پنڈ چھڑانے کے لئے پوچھا، "یہ سب کیا ہے وید جی؟"

وید جی کا چہرہ اتر گیا، بولے، "خالی بیٹھنے سے بہتر ہے کچھ کام کیا جائے، نئے منیموں کو کام دھام آتا نہیں، روز قانونگو یا نائب صاحب سے جھاڑیں پڑتی ہیں۔۔۔ جھک مار کے ان لوگوں کو یہ کام اجرت پر کرنا پڑتا ہے۔ اب پرانے گھاگھ پٹواری کہاں رہے، جن کے پیٹ میں گویا قانون بستا تھا۔ روٹیاں چھن گئیں بے چاروں کی لیکن صحیح پوچھو تو اب بھی سارا کام پرانے پٹواری ہی ڈھو رہے ہیں۔ نئے منیموں کی تنخواہوں کا سارا روپیہ اسی اجرت میں نکل جاتا ہے۔ پیٹ ان کا بھی ہے۔۔۔ تیا پانچا کر کے کسانوں سے نکال لاتے

ہیں۔ رکھیں نہ تو کھائیں کیا۔ دو تین منیم اپنے ہیں، انہیں سے کبھی کبھی ہلکا بھاری کام مل جاتا ہے۔ نقل کا کام، رجسٹر بھرتے ہیں۔

باہر سڑک ویران ہوتی جا رہی تھی۔ دفتر کے بابو لوگ جا چکے تھے۔ سامنے چنگی میں خس کی ٹٹیوں پر چھڑکاؤ شروع ہو گیا۔ دور ہرہراتے پیپل کا شور لو کے ساتھ آرہا تھا۔ تبھی ایک آدمی نے کواڑ سے اندر جھانکا۔ وید جی کی بات، جو شاید لمحہ دو لمحے کے بعد درد سے بوجھل ہو جاتی، رک گئی۔ ان کی نگاہ نے آدمی کو پہچانا اور وہ محتاط ہو گئے۔ فورا بولے، "ایک کشتی آگرہ سے بنوائی ہے، جب تک نہیں آتی، اسی سے کام چلے گا؛ فرصت کہاں ملتی ہے جو اس سب میں سر کھپائیں۔۔۔" اور ایک دم مصروف ہوتے ہوئے انہوں نے اس آدمی سے سوال کیا، "کہو بھائی، کیا بات ہے؟"

ڈاکدری سرٹیپھکیٹ چاہئے۔۔۔ کوسما ٹیشن پر کھلاسی ہیں گے بھائی۔ "ریلوے کی نیلی وردی پہنے وہ خلاصی بولا۔

اس کی ضرورت کا مکمل اندازہ کرتے ہوئے وید جی بولے، "ہاں، کس تاریخ سے کب تک کا ہے۔"

پندرہ دن پہلے آئے تھے بھائی، سات دن کو اور چاہیئے۔"

کچھ حساب جوڑ وید جی بولے، "دیکھو بھائی، سرٹیپھکیٹ پکا کر دیں گے، حکومت کا رجسٹر نمبر دیں گے، چار روپیا لگیں گے۔" وید جی نے جیسے کھٹ چار روپے پر اس کے بھڑک جانے کا احساس کرتے ہوئے کہا، "اگر نہ ہوں تو دو روپے میں کام چل جائے گا۔۔۔"

خلاصی مایوس ہو گیا۔ لیکن اس مایوسی سے زیادہ گہری مایوسی وید جی کے پسینے سے نم چہرے پر پھیل گئی۔ بڑے سیکولر انداز سے خلاصی بولا، "سورن سنگھ نے آپ کے پاس

بھیجا تھا۔ "اس کے کہنے سے کچھ ایسا لگا جیسے یہ اس کا کام نہ ہو کر سورن سنگھ کا کام ہو۔ پرو ید جی کے ہاتھ نبض آ گئی، بولے، "وہ ہم پہلے ہی سمجھ رہے تھے۔ بغیر جان پہچان کے ہم دیتے بھی نہیں، عزت کا سوال ہے۔ ہمیں کیا معلوم تم کہاں رہے، کیا کرتے رہے؟ اب سوچنے کی بات ہے۔۔۔ یقین پر جوکھم اٹھالیں گے۔۔۔۔۔ پندرہ دن پہلے سے تمہارا نام رجسٹر میں چڑھائیں گے، بیماری لکھیں گے۔۔۔ ہر تاریخ پر نام چڑھائیں گے تب کہیں کام بنے گا۔ ایسے گھر کی کھیتی نہیں ہے۔۔۔" کہتے کہتے انہوں نے چندر کی طرف مدد کے لیے تاکا۔ چندر نے ساتھ دیا، "اب انہیں کیا پتہ کہ تم بیمار رہے کہ ڈاکہ ڈالتے رہے۔۔۔ سرکاری معاملہ ہے۔۔۔۔"

پانچ سے کم میں دنیا بھر کا ڈاکٹر نہیں دے سکتا۔۔۔" کہتے کہتے وید جی نے سامنے رکھا کھاتا کھسکاتے ہوئے جوش سے کہا، "ارے، دم مارنے کو فرصت نہیں ہے۔ یہ دیکھو، دیکھتے ہو نام۔۔۔۔۔ ایک ایک مریض کا نام، مرض، آمدنی۔۔۔ انہی میں تمہارا نام چڑھانا پڑے گا۔ اب بتاؤ کہ مریضوں کو دیکھنا زیادہ ضروری ہے کہ دو چار روپے کے لئے سرٹیفکیٹ دے کر اس سرکاری جھمیلے میں پھنسنا۔" کہتے ہوئے انہوں نے تحصیل والا رجسٹر بالکل بند کر کے سامنے سے ہٹا دیا اور صرف احسان کر سکنے کے لئے تیار ہونے جیسی مدرا بنا کر قلم سے کان کریدنے لگے۔

ریلوے کا خلاصی ایک منٹ تک بیٹھا کچھ سوچتا رہا۔ اور وید جی کو سر جھکائے اپنے کام میں مشغول دیکھ دکان سے نیچے اتر گیا۔ ایک دم وید جی نے اپنی غلطی محسوس کی، لگا انہوں نے بات غلط جگہ توڑ دی اور ایسی توڑی کہ ٹوٹ ہی گئی۔ اچانک کچھ سمجھ میں نہ آیا، تو اسے پکار کر بولے، "ارے سنو، ٹھاکر سورن سنگھ سے ہماری جے رام جی کی کہہ دینا۔۔۔ ان کے بال بچے تو راضی خوشی ہیں؟"

جی ہاں سب ٹھیک ٹھاک ہیں۔ "رک کر خلاصی نے کہا۔ اسے سناتے ہوئے وید جی چندر سے بولے، "دس گاؤں شہر کے ٹھاکر سورن سنگھ کے علاج کے لئے یہیں آتے ہیں۔ بھئی، ان کے لئے ہم بھی ہمیشہ حاضر رہے۔۔۔۔۔۔ "چندر نے بورڈ پر آخری حروف ختم کرتے ہوئے پوچھا، "چلا گیا"

لوٹ پھر کے آئے گا۔۔ وید جی نے جیسے اپنے کو سمجھایا، پر اس کے واپس آنے پر یقین کرتے ہوئے بولے گوی گاؤں کے وید اور وکیل ایک ہی ہوتے ہیں۔ سورن سنگھ نے اگر ہمارا نام اسے بتایا ہے تو ضرور واپس آئے گا۔۔ گاؤں والوں کی پیسوں کی پوٹلی ذرا مشکل سے کھلتی ہے۔ کہیں بیٹھ کے سوچ سمجھے، تب آئے گا۔۔۔

اور کہیں سے لے لیا، تو؟ چندر نے کہا تو وید جی نے بات کاٹ دی نہیں، نہیں بابو۔ کہتے ہوئے انہوں نے بورڈ کی طرف دیکھا اور تعریف سے بھر کر بولے واہ بھائی چندر بابو! سائن بورڈ نچ گیا۔۔۔ کام چلے گا۔ یہ پانچ روپے مصور کو دے کر مریضوں سے وصول کرنا پڑتا۔ اکا گھوڑا اور یہ خرچ! بات ایک ہے۔ چاہے ناک سامنے سے پکڑ لو، چاہے گھما کر۔ سید علی کے ہاتھ کا لکھا بورڈ مریضوں کو اچھا تو کر نہیں دیتا۔ اپنی اپنی سمجھ کی بات ہے۔ کہتے ہوئے وہ دھیرے سے ہنس پڑے۔ پتہ نہیں، وہ اپنی بات سمجھ کر اپنے پر ہنسے تھے یا دوسروں پر۔

تبھی ایک آدمی داخل ہوا۔ اتنے میں لگا کہ خلاصی آگیا۔ پر وہ مریض تھا۔ دیکھتے ہی وید جی کے چہرے پر اطمینان چمک آیا۔ وہ اندر گئے۔ ایک تعویذ لاتے ہوئے بولے، "اب اس کا اثر دیکھو۔ بیس پچیس روز میں اس کا معجزہ دکھائی پڑے گا۔ "مریض کی آستین میں تعویذ باندھ کر اور اس کے کچھ آنے پیسے جیب میں ڈال کر وہ سنجیدہ ہو کر بیٹھ گئے۔ مریض چلا گیا تو بولے، "یہ علم بھی ہمارے والد صاحب کے پاس تھا۔ ان کی لکھی

کتابیں پڑی ہیں۔۔۔ بہت سوچتا ہوں، انہیں پھر سے کاپی کر لوں۔۔۔۔ بڑے تجربہ کی باتیں ہیں۔ ایمان کی بات ہے، بابو! ایک چٹکی خاک سے آدمی اچھا ہو سکتا ہے۔ ہومیو پیتھک اور بھلا کیا ہے؟ ایک چٹکی شکر۔ جس پر یقین جم جائے، بس۔"

چندر نے چلتے ہوئے کہا اب تو فارمیسی بند کرنے کا وقت ہو گیا، کھانا کھانے نہیں جایئے گا؟

تم چلو، ہم پانچ ایک منٹ بعد پہنچیں گے۔ ویدجی نے تحصیل والا کام اپنے آگے سرکا لیا۔ دکان کا دروازہ بھٹ کھلا کر کے بیٹھ گئے۔ باہر دھوپ کی طرف دیکھ کر نظر چوندھیا جاتی تھی۔

ساتھ والے دوکاندار بچن لال نے دکان بند کر کے، گھر جاتے ہوئے ویدجی کی دکان کھلی دیکھ کر پوچھا آپ کھانا کھانے نہیں گئے۔۔۔

جی ہاں، ایسے ہی ایک ضروری کام ہے۔ ابھی تھوڑی دیر میں چلے جائیں گے۔ ویدجی نے کہا اور زمین پر چٹائی بچھائی؛ رجسٹر میز سے اٹھا کر نیچے پھیلا لئے۔ لیکن گرمی تو گرمی۔۔۔ پسینہ تھمتا ہی نہ تھا۔ رہ رہ کر پنکھا جھلتے، پھر نقل کرنے لگتے۔ کچھ دیر من مار کر کام کیا پر ہمت چھوٹ گئی۔ اٹھ پرانی دھول پڑی شیشیاں جھاڑنے لگے۔ انہیں لائن سے لگایا۔ لیکن گرمی کی دوپہر۔۔۔۔ وقت ٹھہرا لگتا تھا۔ ایک بار انہوں نے کواڑوں کے درمیان سے منہ نکال کر سڑک کی طرف جھانکا۔ ایک آدھ لوگ نظر آئے۔ ان آتے جاتے لوگوں کی موجودگی سے بڑا سہارا مل گیا۔ اندر آئے، بورڈ کا تار سیدھا کیا اور دکان نے سامنے لٹکا دیا۔

* * *

منتخب ہندی کہانیوں کا ایک اور مجموعہ

ہڈیوں کے الفاظ

مترجم : ف س اعجاز

بین الاقوامی ایڈیشن منظر عام پر آچکا ہے